Un de Baumugne Jean Giono

一个鲍米涅人

〔法〕让·吉奥诺 著　　罗国林 译

人民文学出版社
PEOPLE'S LITERATURE PUBLISHING HOUSE

著作权合同登记号 图字 01-2018-5424

Jean Giono
Un de Baumugne

图书在版编目(CIP)数据

一个鲍米涅人 /(法)让·吉奥诺著;罗国林译.
—北京:人民文学出版社,2018
(中经典精选)
ISBN 978-7-02-014497-6

Ⅰ.①一… Ⅱ.①让… ②罗… Ⅲ.①中篇小说-法国-现代 Ⅳ.①I565.45

中国版本图书馆 CIP 数据核字(2018)第 189884 号

总 策 划 **黄育海**
责任编辑 **甘 慧 欧雪勤**
封面设计 **汪佳诗**

出版发行 **人民文学出版社**
社 址 **北京市朝内大街 166 号**
邮政编码 **100705**
网 址 **http://www.rw-cn.com**

印 制 **上海盛通时代印刷有限公司**
经 销 **全国新华书店等**

开 本 **890 毫米×1240 毫米 1/32**
印 张 **5.375**
字 数 **90 千字**
版 次 **2019 年 6 月北京第 1 版**
印 次 **2019 年 6 月第 1 次印刷**

书 号 **978-7-02-014497-6**
定 价 **39.00 元**

如有印装质量问题,请与本社图书销售中心调换。电话:010-65233595

Novella

为吕西安·雅克和西蒙·吉利欧的友谊而作。

一

我觉得就要开始啦。

人喝了酒之后，盯住桌子唉声叹气，那就是要说话了。尤其那些举目无亲，无依无靠，两个肩膀扛张嘴，孤零零在这世上讨生活的人。总之，我讲的是我们这帮人之中的一个，是麦收季节或麦收前后，在这一带人家打短工的一个人。

这回，我在马里格拉特当雇工打场。这是迪朗斯河边一个广有田产的人家，拥有一望无际的麦田，好几片打猎的森林，还有葡萄园以及其他诸如此类的东西。总之是一家大财主。

我受雇在这里打场，完全是偶然的。

世界上没有任何人比我们这些人更漂泊不定。十天前，我在佩路易斯山一个小户农家干活，只有我一个雇工，还比较自由，活儿不多，伙食不赖，而且主妇是一位热心肠女人，总之待遇很不坏。可是为了一点芝麻大的小事，我就撒手不干了，下了山，来到马里格拉特。我来到这里时，主人和雇工们都在场上汗流浃背地忙活儿。

“喂！”我冲着他们叫道，“你们雇人吗？”

“有时候雇。”

“有时候雇，现在雇吗？”

“你来吧。”

于是，我就受雇了。

每个星期天晚上，雇工们休息，大家便来马诺斯克镇皮埃蒙小酒店里喝酒。这家小酒店位于镇外一座山坡上，照镇上人的说法，是在“郊区”。店里总有女人，老板捧着一架手风琴，像拉橡皮糖一样拉着，红葡萄酒二十苏一升，这价格对于我们这些人倒是很相宜。

大家总是挑情投意合的人坐在一块，这是我们的习惯。差不多五六个人一桌，你看准了谁，就凑上去。我们看准的是一位小伙子。他高高的个儿，脸上闪烁着一对明亮的大眼睛，宛如两泓清泉；微笑时，胡子下面露出两排皓齿，粲然似雪。不瞒你说，这小伙子之所以吸引我，是因为他那双眼睛里流露出一种痛苦阴郁的神色，那仿佛是清澈的泉水里一块腐肉在闪光。他叫阿尔班，是山里人。这天晚上，满腹心事地唉声叹气的就是他。

他把空酒杯一推，从胸腔里发出长长的一声叹息。他的胸部很发达，有我的两个这么大，而那叹息声，宛似山丘间的风声如怨如诉。

“怎么？不舒服吗？”我想帮助他排遣胸中的闷气，便问道。

有时候就得当当接生婆。让年轻人把心头的郁结之气吐出来，这对我们大有好处。我虽然是个老笨伯，但与他们相比，早已是过来人。我心里说：

“来吧，小伙子，痛快点儿！你要是消化不了，就把它吐出来。”

他把心头的郁闷倾吐出来了！

“我在这里憋死了，”他说，“我打算卷起铺盖离开这地方。”

“别作这样的打算，”我劝他说，“如果是有人欺侮了你，或者有人对你说了不合情理的话，绝不要把它与酒一起存在心里。眼下嘛，是难受一些，但事情会随着时间的流逝过去的。千万别放在心上。一个钟头吗？一个钟头。一天吗？一天。总之，随着时间的流逝，一切都会被忘掉的。”

“不是这么回事，”他说，“不合情理的话，我根本不在乎。压在我心头的，是一桩严肃的、非同小可的事情，它就像一线水，慢慢地渗进了我心里，现在已经积了一大摊，沉甸甸地压在我心头。我就是沐浴着阳光，也不感到愉快。所以，我还是走了好。”

你知道，事情到了这种地步，我也就没啥好说的了。他已经下定决心，就会一意孤行干到底的。

这天晚上，老板用糨糊和旧布修理他的手风琴，酒店里很安静。

这是一个美丽的夏夜，婆娑多姿的榆树梢头一片朗月。街上没有行人，微风戏弄着尘埃，宛如一个淘气的孩子。

小伙子说：

“我这是第二次来马里格拉特了。上次是三年前，那是我头一回出来当雇工。我精神焕发地下了山，以后就没有回去过。每年冬季，我在南方的卡瓦雍、阿普特、洛利斯、佩杜义等小城镇揽活儿干。如果不是了解到一件事情，我是不愿意离开这里的……

“事情是这样的：

“那年，和我一起干活的有个马赛人，是个小伙子，瘦得皮包骨头，活像一个干瘪的胡萝卜，手掌心里刺有三个字：‘他妈的’。他就是用这双手翻麦子！

“他名叫路易，成天萎靡不振。翻场时，挑着麦捆的杈子在他手里瑟瑟颤抖。他老是抱怨上帝，似乎这是上帝的过错！实际上，他过去可能从来没干过活儿。现在，我已经有了一点点生活经验，我想，他也许干过什么肮脏勾当，跑出来打短工，只不过是暂时改头换面。这倒也没什么。

“他并不是一个坏伙伴，不过这仅仅是就劳动之余而言。他会唱歌，一边唱，一边像母鸡似的转动着脑袋；他也爱开玩笑。啊！要起嘴皮子来，谁也赶不上他。

“他令人讨厌的地方，就是那张嘴；还有呢，就是他老是用泉水把鬓发打湿，使它们保持卷曲；而且像一个低贱的女人那样，往脸上抹香脂。

“我们俩常常一块出去。事情就是这样，我并不讨厌他。你知道，我是从山里来的，与他那套稀奇古怪的做法，总是格格不入。这话不容易讲清楚，反正每回与他在一块儿，我都感到不自在，感到恶心，但当他叫我出钱，来皮埃蒙酒店喝一升酒时，我总是乐于同他一起来的。

“我所厌恶的，主要是他在女人面前的举止。我们头一回来这家酒店喝酒时，他就相中了阿娜伊斯，一本正经地让她给自己斟酒。那时，阿娜伊斯才是个不满十五岁的小姑娘。

“有一回，阿娜伊斯拿着酒来到我们身后。我看见路易弯下腰，笑了几声。他那姿势实在奇怪，只听见他用鼻子使劲地嗅着什么东西。小姑娘待着没有动，和旁边猜拳喝酒的人说话，不时轻轻地扭动一下幼树般的腰肢。我注意到，小姑娘待的时间，比她应该待的时间要长一些。直到她走了，路易才直起腰来。

“成何体统！一个才十五岁的小姑娘！不过，这事儿不提也罢……

“我要说的事情大约发生在八月中旬。对，是那个时候。那时，我对路易这家伙已经从头到脚、从里到外看透了。

“一天晚上，我和他坐在露天座，也就是我们现在坐的这地方。那个夜晚和今晚一样，夜已相当深，清泉般的夜色在树木间静悄悄地流动，笼罩着一切。我呢，思念着家乡。我离开家乡将近三个月了，而我的家乡是那样一个地方……这一点等会儿我还要对你谈到，因为这牵涉到事情的起因，同时只有向你倾吐出来，我心里才舒坦，既然现在我就要踏上归途了。

“多么美丽的夜晚！

“家乡土地上的各种东西，我与它们共同生活了那么长时间啊，朋友！我在它们之间生活了那么多年，与许多树木交上了朋友，山风长年伴随着我。所以，每当我心里不痛快时，我就思念它们，以求得安慰。

“当时，我就是这样思念着家乡，心里很痛苦。但在对面那棵榆树上，一只夜莺却唱个不停；附近的泉水，在雨蛙的聒噪声中汩汩流淌；一只猫头鹰也在不合时宜地叫着。月亮从山丘后面升了起来。

“正在这时，从山丘上传来一阵辚辚声，是一辆四轮马车，不，更像是一辆大车。那车驶得很快，马儿奔驰着。

“去年，在那座房子里曾开着一家食品杂货店。你看，就是门窗紧闭、黑灯瞎火的那座房子。正如当地人所说的，那还是一家‘模范店’呢。后来，这家店破了产，店主对准自己的脑袋开了一枪，一命呜呼了，芥末、食盐等商品，都贱价拍卖了。但是去年，这家店每天营业到深夜，铺子里灯火通明，因为当时生意已经不好，只好靠延长营业时间，指望着总有个别顾客，在走遍了已关门的其他店铺之后，会来光顾。

“那辆车子在食品杂货店前停了下来。驭手只把缰绳一勒，车子就嘎的一声停住；驭手又把缰绳一勒，马儿的四蹄就站定了。然后，再也听不见任何声音了。那驭手真是个好把式，手腕子有劲，动作准确，但居然是一位姑娘！

“我没有说错，那是一位姑娘，不是一位妇人。因为，乡下妇人，你和我一样了解，个个像泥塑木雕的一般，整个儿被男人和土地消耗得干瘪了，走起路来，活像一尊菩萨。而我所看到的，是一位姑娘。她像一只鸽子，只那么轻盈地两跳，就进了店铺。我看见的是她的侧面，她的嘴和鼻子正好在灯光下，真是光彩照人，美丽无比，到现在还深深印在我的脑海里。

“店主亲自把一包包东西送到车上。他大概在想，要是每天晚上有这么一位主顾，他也许不必把枪口对准自己的脑袋，饮弹自尽了。

“那姑娘抓起缰绳，吆喝一声：‘嘿，驾！’车子便掉过头，疾驰而去。那声吆喝和姑娘说的其他话，至今还在我耳边回响。月光洒在姑娘身上，姑娘从头到脚沐浴在月色里。我现在仿佛还看见她的倩影，看见她那线条柔和的腹部，那被衬衣绷得紧紧的丰满的乳房，那结着两条辫子的秀发。

“我这个人，素来就不相信有什么圣母。当然，老伙计，你也与我一样，不常迈进教堂的门槛。但是，你还记得少年时代所见到的事情吗？我们这些地方的人所塑造的圣母像，那面庞，那眼睛，多么美丽啊！那抱着娃娃的弯曲的手臂，就像编筐用的柳条一样柔软！还有那双肩，那整个模样儿，你还记得吗？

“那姑娘正是这般模样儿！

“圣母！

“现在我向你描述起来，话扯得这样长。当时只不过一眨眼工夫，烈性子骏马和出色的驭手奔驰而去，像划过夜空的流星。但那情景却留在我的脑海里，因为它充满青春的活力。”

上面我向你转述的，是小伙子阿尔班为了消除心头的郁闷对我说的话。等一会儿，我要一步一步把故事讲完。那天晚上，起初我还以为阿尔班像一般人一样，只不过心头有点儿牢骚，擂几下桌子，骂几个东家就完了。说实话，人们心里的事儿并不像家家户户地里的麦子，一眼就能分辨出好坏。

我错看了这小伙子。

因为，听了他的这番话，我又想到他眼睛里闪烁的阴郁神色。实际上，他这些话说明了他是怎样一个人。他这个人看来有那么一般咬劲，而且是很懂得美好情感的。仅仅从他把那姑娘比作圣母这一点，就可以……我这个笨伯，曾经在几乎所有圣水缸里撒过尿，领圣体时的种种印象迅速掠过我的眼前……总之，我这些话的意思你想必体会得到。

我向你承认，我错看了这小伙子。

阿尔班讲完那些话，沉默了一阵。我叫来一升酒，付了钱，斟上两杯，准备继续听他讲述，他却不再吭声。

“但是，”我低声对他说，“我从一开头就注意倾听你讲述，有些事情我还不大明白。你刚才提到你的家乡，说它与你讲述的事情关系很大，你到底是什么地方人？”

“鲍米涅人。”他回答说。

“离这里远吗？”

听到这个问题，他又讲了起来，如数家珍，一五一十地一口气讲下去。

“我的家乡，我的家乡，请你别着急，我就来给你谈谈我的家乡。我不能不谈它呀，它不仅和我讲的事情关系很大，而且还渗透在整个事情之中。

“你注意到没有？这件事情就是两个家乡，即我的家乡和另一个人的家乡的相互较量。我的家乡正直而庄重，另一个人的家乡则代表着邪恶和腐朽的灵魂。请你等一等，在谈到我的家乡之前，让我把刚才讲的那事说完。

“我并没有醉，至少没有喝醉酒。要说我对别的事情，对我刚才所讲的这些事情有些心醉神迷，那倒是可能的。但是，我对你倾诉这些，不同于向陌路人倾诉衷肠。我觉得你这个人和我情投意合。我就要走了，需要把心头的往事——这个沉重的包袱卸下来，存放在这里，就好比我们要进入远处高山上一户人家时，先把随身携带的行囊藏在路旁的灌木丛里。我觉得你和我情投意合，因为你说话，不管是难听的还是温和的，句句都说到人的心上。”

小伙子这些话，对我真是过奖了。

他接着说：

“那位姑娘和那辆辘辘驶去的大车，已消失在夜色中，只剩下我和路易坐在这里。我的心已远远地离开了路易，飞回到龙胆草齐腰深的高山草地。

“你等会儿就会明白我为什么这样说。

“‘你看到那个姑娘了吗？’路易满嘴溅着唾沫星子问我，‘我正需要这样一位姑娘。’

“我满可以当场揍扁这小子，他体重还不到四十公斤。

“我已经对你说了，他是个不知羞耻的家伙，简直令人恶心。但是，他不知羞耻也好，令人恶心也好，我都满不在乎。与他在一起心里觉得难受，但犯不上计较。

“我没有搭理他，而他却继续大发感慨。他大概也与我一样，看到那姑娘后产生了许多感想。

“‘这种又脏又累的活儿，’他说，‘根本不是我这种人干的。不，我很难干下去。这不叫生活，只有笨蛋、笨蛋的儿子才适应得了。麦子嘛，现在我一看见就觉得恶心。对你来讲，这活儿当然不错。而我呢，是在马赛长大的，游泳才是我的拿手好戏。这种活儿我可从来没干过。

“‘我所需要的，你明白吧，是刚才车上那样一个娘儿们。那样一个姑娘，老兄，就与黄灿灿的金子一样！只要花时间把她训练好，一开张就是利润，而且，在把她培养好之前与她暗中勾搭，也是一件乐事。这些我都还没有计算哩。

“‘开张后的利润啦，商行啦，我都还没考虑进去，那是以后的事。我住在朗什广场附近，知道怎样与这类女人打交道。

像刚才这样一个姑娘，你花五十法郎买几件时髦的外衣，几件合体的内衣，给她上下打扮一番，再领到大戏院的过道上溜达一趟，然后，你就放手让她去干吧。不要多久，她保准每天给你赚回百把法郎，全都是现金啊！’”

这些话，阿尔班都是学路易的腔调说的，都是路易的原话。看得出来，这些话都钻进了阿尔班的脑子里，留在他的记忆中。在转述这些话时，他仿佛变成了另一个人。我注意到，他那深沉的目光里，流露出极为痛苦的神色。说完了，他把两眼闭上，同时叹了口气。接着，他又以令人毛骨悚然的口气（我向你发誓，我这个老流浪汉绝不会夸大其词）补充了一句：

“唉！我满可以当场揍扁这小子的！”

二

夜深了，我把老板叫来。手风琴在他手里呜咽着。我付了钱。阿尔班趴在铁桌子上，我问道：

“你不走？”

他艰难地站起来，头重脚轻，心事重重。我们向马里格拉特走去。我早晨五点得去场上换班，刚好来得及赶回去，往床上躺一会儿，就得爬起来。

我们俩默默地走着，一直到了帕勒尔纳，道旁不再有白杨树。当我们踏上土路的时候，我再也憋不住了，问道：

“那么，后来呢？”

于是阿尔班又接着前面的话讲起来。

现在，他像唱歌似的讲述着。

“我对你说了，我的家乡与这件事情关系密切，并渗透在整个事情之中。我之所以这样说，因为这是千真万确的事实。路易嘛，是他的家乡养育了他，使他成了那个样子。他充满了他家乡的气质。

“我呢，我的心里装着整个鲍米涅，沉甸甸的，因为我的家乡在摩接云天的高山之上，到处是参天的树木。它是那样可爱、美丽，那样广阔、明丽，它有着湛蓝的天空、肥美的牧草和凛冽得像刀子一样的寒风。

“鲍米涅！

“它是哑巴们的山，那里的居民不会像一般人一样说话。

“噢，我看见你在讥笑了。你在想，我这个来自鲍米涅山的小伙子，竟然一个人讲了一个钟头。请你不要这样想。现在我倾吐出来的，确切地讲，不是语言，而是我的血。这好比一个恶性的脓疮，我用刀子把它捅破了，血和脓一齐流了出来。这就是我今天晚上所说的话。是的，一句句全是倒出来的苦水。

我在异乡混了整整三年，除了为得到吃喝说几句话，平时很少开口。今晚是因为碰到了你，而且因为时间到了，我就要离开这里，回到鲍米涅去，回到高山上去，我在这里的生活就要结束了。我愿意把这件事告诉你，让它留在你的嘴边，留在你年老的心里。只有你配了解它。”

多么能说会道的小伙子！

“鲍米涅！

“要是你清早来到鲍米涅村头（这是不大可能的，假设你会去吧），你会看到十栋房子藏在茂密寂静的森林里。

“如果你到得正是时候，你还会听到悠扬的口琴曲子，犹如鸟鸣啁啁的口琴曲子。你会听到那曲子从灌木丛里，从草地里，从铁匠铺里，从零售店里飞出来。你还很可能会看见一位家庭妇女正坐在门槛上吹奏口琴……

“听我告诉你缘由吧，这要追溯到古老的年代。

“许多许多年以前，我们的祖先不信奉一般人所信奉的宗教。由于这个原因，人们割掉了我们的祖辈，也就是我们爷爷的爷爷的舌尖，使他们不能再唱圣歌，接着又朝他们屁股上踢一脚，恶狠狠地对他们说：‘滚蛋！’我们的祖辈便沦落为流浪者，无家可归，一无所有。

“于是，他们上了山，男人、女人全都上了山。他们爬得那样高，远远超出了那些割掉他们舌头的人的想象。他们爬得那样高，因为他们对生活已经完全绝望。最后，他们来到这块由岩石构成的小小的平台上。这块平台贴着青天，旁边是蓝色的深谷。平台上有一点点生长着碧草的泥土，他们便在这里建起了鲍米涅村。

“他们用残留的舌根讲话，听起来就像野兽嗥叫。他们为此感到很痛苦。这正是山下那些人在割掉他们的舌尖时所希望的。

“于是，我们的祖先想出一个办法：把口琴深深地含在嘴里，用残留的舌根吹奏。他们就这样互相呼唤。

“我们的祖先用这种办法呼唤自己的妻子、孩子，也用这种办法吆喝母鸡和奶牛。久而久之养成了习惯，彼此都能听懂。

“每逢礼拜天，大家都聚集在村头那棵大雪松下，年龄最大的长者，吹奏着口琴向大家布道。他说的话，和以前用舌头说的一样清楚，大家都能听懂；每次听着他布道，大家都止不住落泪。布道完毕，大家一齐抬起泪水汪汪的眼睛，望着青天。这就是他们的祈祷。在即将到来的一个礼拜，他们必须使自己的心保持坚强。这样一个礼拜又一个礼拜……

“终于，上苍被他们感动了，让他们生下了舌头完好的孩子。

“现在，我们仍保持着这个古老的习惯。村里每人有一管口琴。每逢节日，大家带着一瓶瓶燕麦酒，来到牧场上最僻静的地方，一齐吹奏口琴，向我们的祖先表示感谢，感谢他们对我们这个种族的养育之恩。各人吹奏着自己最喜爱的曲子，女人们聆听着自己男人吹奏，心里说：‘他吹得最棒。’孩子们聆听着自己的父亲吹奏，在那么多的口琴声中，他们只听见自己父亲吹奏的曲子。这样，大家相互之间所说的语言，仍然是用火防备恶狼的祖先的语言。这是我们最能理解的语言。最后，大家合奏最优美动听的曲子，祈祷草肥水美，祈祷全村老老少少身强体壮。”

这个古老的传说使我目瞪口呆。

我不禁问自己，我的身体是不是还在我的两条腿上，与我肩并肩走着的，是不是小伙子阿尔班。

“因此，你明白了吧，”阿尔班接着说，“鲍米涅就是我的一切，它的一切都充塞在我的心里，其中有许多实实在在的东西，例如野花的颜色和芬芳，树木的絮语，木板屋在寒风中嘎吱的响声；还有看不见、摸不着的东西，那是声音、芬芳和颜色本身之外沁人心脾的东西，它使我的心时而快乐得发抖，时而放慢跳动的节奏。

“我和路易回到各自的组里又干起活来。我看见他那干瘦得像蟋蟀似的影子，在飞扬的尘土里晃来晃去，不是扛着麦捆，就是拿着杈子在挑麦秸。我呢，奋不顾身地干活儿，简直是在拼命。这样可以忘掉心头的烦恼。只要一停下来，我眼前就立刻浮现出那姑娘的身影以及她那握着缰绳的手。我不禁环视四周，但映入眼帘的，总是路易和他那两个歪斜的肩膀。

“这样过了好几天，五六天，也许十来天，总之是一个星期日的前后，路易走近场院的一角，我正在那里解麦捆。我干得那样猛，舞动的胳膊像转动的车轮一样，一刻儿也不停歇。

“他嘴里叼着烟卷儿，满脸奸笑。看到他那副样子，我停下了手里的活儿。

“‘呆子，’他叫道，‘今天上午休息，我们去捕虾怎么样？我知道什么地方有虾，到了那里，我还要让你看一件漂亮东西，叫你开开眼界，看看我的手段是不是在马赛混出来的。’

“我心里仿佛有一个苦胆被捅破了，我知道，不幸的事情就要发生了。”

“这天早晨，天气晴和，晨光宛似麦秸的颜色。玫瑰般艳丽的朝阳，刚喷薄而出，它的笑脸捉迷藏似的在白杨树枝叶间闪闪烁烁。这阳光照得浑身异常舒服，我品尝着生活的甘美。但是，心里那包苦水一直溢到了我的咽喉上，使我感到窒息。

“我们向山谷里的迪朗斯河走去。

“快到河边的时候，路易踏上了一条羊肠小道，我紧紧地跟着他。我们在荒凉的灌木丛里向前钻去，来到一条黑黝黝的溪边。小溪似灌木林里凿出的一条隧道，被枝叶覆盖得严严实实，犹如一架单孔望远镜，顺着它可以望见迪朗斯河对岸。这就是路易所讲的地方。这一路行走，我心里本来略略轻松了些，但在这个寂静的地方一停下来，痛苦又涌上了我的心头。我将衣服一脱，跳到清凉的水里，像打仗一样，摸起虾来。溪水被搅得翻滚着。到中午时分，我们所带的篓子和挎包都装满了虾。于是，我们钻到柳丛里睡觉。路易鼾声如雷，而我只迷糊了一会儿，觉得嘴里发苦，就醒来了。

“我再也睡不着，索性坐起来，推了推路易，问道：

“‘你想让我看什么？’

“‘别着急，还不到时候。’

“天快黑的时候，一个声音使我的心都凉了。这是一个女人的歌声。我还没站起来，就听出是那个姑娘在歌唱。

“我像一只斑鸠接近诱鸟笛一样，向歌声飘来的方向一步步挪动。透过垂帘般的柳枝，我看见了那姑娘。她在迪朗斯河对岸一片绿油油的地里，正在给刈割后再生的秧苗浇水。一点不错，正是她。从她那准确的动作，我认出了她。她的裙子是撩起的，露出两条大腿，上身没穿衬衫。她在秧田里一边浇水，一边歌唱。

“我感到害臊。那姑娘就像给羊做记号的烙铁，灼烫着我的心。我觉得她热乎乎的身躯紧贴在我心上，使我感到一阵阵疼痛。

“但路易那家伙一点儿也不害臊。他根本不知羞耻！

“他钻出柳丛，一直走到光秃秃的河滩上，挥动着鸭舌帽叫道：

“‘喂！’

“我看见那姑娘从秧苗里直起了身子，挥动着大草帽。一会儿，传来了她那银铃般的声音：

“‘哎——哎！’

“你看，路易就是与我不一样。如果我也像他那样厚颜无耻，钻出柳丛，走到河滩上，站在太阳底下，那从姑娘热乎乎的嘴里发出来的悦耳的声音，就会越过河谷，落在我身上啊！

“‘多么白皙的皮肤！’路易说。

“他告诉我，那姑娘是杜洛瓦尔那户人家的闺女，就是河对岸杨树下，谷仓旁边那户人家的，名叫安日尔，姓巴尔巴鲁。

“有一点，路易这次对我隐瞒了。我通过种种迹象，渐渐有所觉察，后来亲眼看见了，才弄清事情的真相。在这之前的一天傍晚，路易躲在通往河滩的路旁窥伺那姑娘，等姑娘走近时，他冷不防扑上去对她猛击一掌，像驯服牲口一样费了许多口舌，终于占有了她。现在每天晚上，只要路易想干，姑娘总是顺从地委身于他，完全听凭他摆布。

“在这方面你是过来人，你肯定会想，这个被我比作圣母的姑娘，原来也是一个破烂货。路易得到的只不过是别人的残羹剩饭。

“不要否认，你肯定是这样想的！

“唉！你恰恰想错了。

“这姑娘当时还是处女。

“这一点路易曾经吹嘘过。如果姑娘不是处女，他是不会那么吹嘘的。有时，与姑娘相会回来，他显得痴呆，像喝醉了酒似的，人家跟他说话他也听不见，而他那双邪恶的眼睛，却闪闪发光。因为，他虽然腐化堕落到了极点，但有时也会觉得太过分而受不了。

“他是姑娘的第一个情人。你如果觉得不可思议，听我说你就会明白。

“路易使用了驯服牲口的手段。而这头野性未驯的牲口，就是那位善于赶大车的姑娘，就是那位有着白皙的大腿、漂亮而野性的姑娘。

“被他驯服的正是这位野性的姑娘，他与这位姑娘做了一笔交易，并且一拍即合。

“我简单地给你讲一讲吧，我看见马里格拉特的山冈了。

“一天早晨，我回到谷仓里去拿烟草，看见路易在收拾行李。他对我说：

“‘今天晚上我就要撇下你，要和那姑娘一块儿走了。她已经被驯服了，闹着玩的阶段已经结束，现在该让她去干活儿啦。’

“你知道，我要责怪鲍米涅的，我要责怪养育我的村子的，是它没有教会我杀人。当时我如果想杀死路易，只消一分钟，短短的一分钟就够了。然后把他往干草底下一塞，走出谷仓，就完事儿了。但是我没有这样做。相反，我面对苍天，仿佛自己变成了一具骷髅，就像春天里，积雪一下子消融了，只剩下裸露的山崖。

“我回到场院上，不是我，不是整个我，只是我的躯壳；我的灵魂，已经……我说不清楚，已经飞走了。我把草帽脱掉了，整个这一天，一直光着头干活儿，太阳猛烈地烤晒着，把我的皮肤都烤焦了。大伙儿对我说：‘大个儿，你疯了吗？’他们试图给我戴上草帽。我粗暴地把他们推开，他们只好让我继续光着脑袋。后来，四点钟左右，快到晚祷的时候，我一头栽倒在麦秸里，像死了一样。直到四点左右我才栽倒，因为毕竟我很强壮。”

“后来的情况，现在回忆起来，恍若梦境。就像夜里做了一场梦，早晨坐在床边想回忆一下，但晨光已把它驱散，再也回忆不起来了。

“唉！这件事情，似乎全是事先安排好的，让我遭受痛苦的折磨。只有我最后要对你说的情况，才给了我一点安慰。在我的记忆里，这些事一片模糊，仿佛我俯身在一口水缸上，看见它们在水底蠕动。只有当我沉思默想时，这些事才隐约浮现在我的眼前。因此，它们当然不足为信。

“我昏倒后，大家不得不把我抬回谷仓，放在我的草垫子上。他们把我撂在那里就走了。我觉得自己仿佛是一个盛满红葡萄酒的玻璃瓶，日光透过这个瓶子——我的身躯，映入我的眼帘。好长一段时间，我一直处于这种状态。后来，外面的景物，马里格拉特的田野、土地、树木，我在栽倒时所看见的一切，开始在我眼前晃动起来，宛如编织筐子的细藤条，全都是弯弯曲曲的。已经收割的麦田宽阔的外壳裹在我的身上，就像葡萄叶子裹着一块雪白的奶酪。我觉得自己化成了正在发酵的液体，化成了变质的牛奶，上面浮着许多凝块，向各个方向游动着。我鲜红的血液里，用活动的字母写着‘朗什广场’四个字。我后面站着路易。我只看见他的嘴叼着烟卷儿，露出两排虫蛀的牙齿，像喷泉一样喷射着口涎。而他的躯体，不仅他的躯体，还有他丑恶、腐朽的灵魂，则模糊不清，变成了一杯苦艾酒，搁在桌子上，旁边摆着鬼箭羽；苦艾酒里，好像有一只女人的手，一些十法郎一张的钞票，还有一架梯子，两条裸露的、正拾级而上的女人大腿和两条男人的腿。男人的腿瘦得像葡萄藤，女人的大腿白皙似水。这时，由于悲愤而产生的一股巨大力量攫住了我，使我爬起来。

“我可能爬起来了，在月光里向前走去。

“我似乎看见妈妈来了。她带来了鲍米涅的所有山泉，正往我头上浇呢。多么清凉、舒服啊，泉水里带着许多山花。这是母亲的爱抚，是山泉水的亲吻。

“我觉得一股淡淡的干草味，正往我鼻子里钻。我大概用手指把鼻孔掰开了，好让这股气味钻进去。我觉得，这股气味进到我的胸海里时，就会变成一大片碧绿、馨香的草地。一会儿，我又仿佛听见一匹马在马厩里踢着蹄子。

“在我由于被太阳晒昏了而做的这个梦里，我仿佛下了楼梯。

“我面前延伸着那条白色的道路，我在路上走着，就像走在一条绷紧的绳索上，张开双臂使身体保持平衡。

“路旁三棵松树，它们的枝叶奏着音乐。

“鲍米涅所有的人，甚至那些被割掉舌尖的祖先，都站在我身后，用他们的口琴吹奏着一支曲子。这曲子，犹如一股和风，把我送到了空中。

“我向杜洛瓦尔走去，到了通往杜洛瓦尔的小道和通往托尔的大路交叉口，听到一阵脚步声。我停了下来，身子像一根水草晃动着。

“来的人正是那姑娘。

“她走得很急，挎着一个用花头巾包的小包。

“当她走到我面前时，我不知道怎么就抓住了她的手。我对她说了话，说了许多话，但已记不起究竟说了什么。你看得很清楚，这是一个病人做的一场梦。姑娘哭了，眼泪落在我的手上。我赢了，我在梦中赢得了她的心。我记得她对我说：‘现在太晚了。’但我继续说着话，我紧紧地拥抱着她。

“这是一场梦，你知道。

“不久，夜色里传来了口哨声。这是路易吹的。姑娘挣脱了我的怀抱，犹如一个熟透的果子脱离了树枝。她向着口哨声奔去；那口哨声像一根绳索，拉着她向夜色里奔去。

“她消失了。”

三

我们一边说话，一边赶路。透过前面的卡达拉什橡树林子，已经看得见马里格拉特场院上的灯光，听得见黑暗深处传来的说话声了。穿过这片树林子就到了，顶多再走一刻钟。

阿尔班讲的故事，像一锅葡萄酱在我脑海里翻腾。我活的岁数不小了，不是刚从天上掉下来的人。你会想，忧伤的故事我肯定听过不少。是的，的确听过不少。但阿尔班讲的这种事儿，在我这倒霉的一生中，还从来没有听说过！

最使我难以忍受的，是阿尔班现在紧闭着嘴不再吭声。只听得见我们的鞋钉踏着石子，我们的裤子碰着野草发出的声音。

我接着原来的话题问：

“你为什么说你是做了一场梦呢？”

阿尔班回答说：

“因为天亮的时候，上早班的人发现我躺在楼梯脚下。

“从住的地方走出来，去找那姑娘，赶在路易那个堕落的家伙到达之前，在路上与她相会，这种愿望我完全有，但我哪里有那种体力呢？白天太阳的烤晒，使我只剩从床上爬起来和下楼的力气，一下了楼梯，我肯定已精疲力竭，连站也站不稳了。所以，只有我头脑里的愿望，在黑夜里独自走去，像我刚才所讲的那样，去会见了那位姑娘。这一切神不知鬼不觉，因此是一场梦。”

“后来呢？”我问。

“唉！后来，事情很简单，既简单又清楚：姑娘走了，我从此再也没有见到她。

“你知道，老伙计，像这样简单、这样清楚的结果，如果是福，自然再好不过了，但如果是祸，它就会像一把刀子捅在心上，每天都捅得更深一点儿，剜割着心头的肉啊！”

上面，我向你叙述了那天晚上阿尔班所说的一切。我无法向你描述的，是他说这些话的语调。

开始的时候，他的语调并没有什么特别。但当说到伤心处时，那语调就变得与众不同了，仿佛他那副嗓子，是专为讲述这个故事而生就的。他开始提到他的村子的名字时，嘴里发出来的声音，就突然变得不像人的声音了。你尽管嘲笑我好了，尽管嘲笑我这个自以为见多识广的老笨伯，居然被一个小伙子的这些蠢话迷住了。但我说的完全是心里话，小伙子的声音是那样庄严，那样深沉，那样缠绵，像风一样，宛如草木、高山和天空在倾诉。我当时觉得，那声音，从他嘴里吐出来，缓缓地径直向黑夜中传播开去，犹如闪电，越出了我们这个圆圆的地球的范围，又似镰刀的刀刃，在太空中熠熠闪光。

我们俩回到了马里格拉特。场上正在打最大的一垛麦子。这垛麦子打了六夜才打完，是由我那个组开始打的。一到场上，我就立刻与大家一块儿干了起来。我稍微活动一下筋骨，让手腕子习惯麦捆的重量，眼睛盯住黑暗中的麦垛，看准了应该往哪儿下杈子。这样，我的脑子一下子清闲了，阿尔班的故事又在我脑海里翻腾起来，仿佛他还在我身边慢慢地讲述呢。

阿尔班说得对，这事儿的确不容易忘记。这使我感到沮丧。我看见阿尔班去睡觉，他步履沉重，像肩上扛着一口袋麦子。看见他那个样子，我情不自禁产生了一种愿望，想减轻他的痛苦，想看到他抬起头来，笑着对我说："行了，现在我感觉好些了。"

好不容易干到了天亮，接着又干到上午十点钟，该轮到我们这个组休息了。大家停下来，回去睡觉。

我眼皮沉重，胳膊酸疼。毕竟上岁数啦。但是，绕过牲口饮水槽之后，我没有回我们睡觉的新谷仓，而是向阿尔班的住处走去。

他那个组，住在克罗多米尔那座已经废弃的旧养猪场里。站在门口抬眼望去，屋子里躺满了人。我走进简陋的屋子，瞌睡得双膝发软。阿尔班睡在最里边，躺在他的已收拾好的行囊旁边。他已经睡着，睡得十分香甜，一点声息也没有，嘴巴紧闭，鼻孔洞开。到了他的铺位边，我可以任意观察他了。我看到，痛苦在他脸上留下了伤痕，在他嘴里塞了一个嚼子，并且套上了一个结实的笼头。很明显，这痛苦时时折磨着他，已经在他的嘴角印上了深深的皱纹。

多么英俊的小伙子！年轻，健壮，背阔腰圆，比一般人高出半个头。正如一般能睡的人一样，他仰卧着，静静的，连呼吸的声音也听不到。这时叫醒他，简直是罪过。尤其因为我知道，他一睁开眼睛，所看到的就是自己凄凉的生活。我在他旁边的箱子上坐下，又打量了他一阵，没过多久——因为我不是铁打的——我仿佛掉进了一个漆黑的水池里，像一摊烂泥般呼噜呼噜睡着了。

阿尔班把一只手搁在我肩上，摇醒了我。我睁开眼睛一看，大概已是下午两点钟。他站在我面前，背着他的三个挎包和行李卷，想叫我站起来，好让他拎箱子。

“你怎么跑到我们这儿来睡了，老伙计？”他问我。

他目不转睛地盯住我，那双眼睛好似两朵海索草花。我心里嘀咕，他讲的整个故事，莫不是酒在我脑子里造成的幻觉？但是突然之间，他眼睛里又流露出了忧郁的神色，被胡子掩盖的嘴角边的皱纹，像小蛇一样扭曲……毫无疑问，他完全明白我为什么来到这里。

于是我说：

“我就是为那件事而来的。”

他冷淡地耸一下肩膀，似乎是表示：“有什么用啊？”顿时，我心里像有一股洪水，冲决了土堤，奔泻而下，淹没了堤外的果园。我对他说：

“小伙子，听我说，在我旁边坐下吧。我要跟你谈谈。你是个自尊心很强的小伙子，你把这件事窝在心里，像捂干无花果一样，捂得严严实实。其实，你做错了。当然，并不是说，你没有一点做得对的地方。你把这件事情告诉了我，就是做对了，尽管我是个老笨伯。但是，如果你以为我是个聋子，你的话白说了，那你又错了。听我的劝告吧，不要马上就走。不，我并不是劝你别走，而是劝你暂时别回你的家乡去。我是这个意思。我赞同你离开马里格拉特，这是对的。但是，不要马上回你的家乡去。你一回去，就会与世隔绝，事情就无法补救了。说到底，这件事已渗透在你所呼吸的空气里了。

“听见我的话了吗？

“不要立即踏上回你故乡的道路。听我说，小伙子，与坏事作斗争，总要持续很长时间。但是，在搏斗中即使两肩着了地，也不要说：‘完蛋了。’应该爬起来，重新搏斗。最终被打倒在泥地里的，是厄运而不应该是我们。

“相信我，相信我老汉吧。在生活中应该如何行动，我老汉总还有一点点经验。你听着：我打算去杜洛瓦尔，把情况了解清楚后，就告诉你。你去佩路易斯等着我。你沿着迪朗斯河这一岸，也就是右岸往上走，过了桥，顺着一条土路去打听艾斯梅纳尔家在什么地方。它坐落在一片草地的尽头，门前有三棵柳树。你就说是我叫你去的。最好先见到女主人，她是当家的。我可以坦白告诉你，我跟她姘居过一年多。你对她说：‘是阿梅德叫我来的。’这就行了。你该干什么就干什么。但要当心，她家院子里有一条母狗爱咬人，进院子之前，先扔点东西给它吃。那是条黑狗。好吧。我很快就会把情况摸清楚，然后到那里来告诉你。那时，小伙子，只有到那时，你爱回家就回吧。在这之前，我们应该把情况搞清楚。”

阿尔班望着我，但似乎没有看见我。我觉得他的两道目光从我头的两侧射了过去，透过墙壁，落在远处的什么东西上。

“好吧，”他沉默了好一阵子终于说，“行，我到那里去等你。”

他把行李卷放在地上，扳着指头数起来。

“我等你一直等到十一月份，等到十一月中旬。我不能等得更久。”

“我不到十一月中旬就会来找你的，小伙子。”

他又背上行李卷，下楼去了。到了楼梯脚下，他略略转过头来，用目光向我告别，接着就迈步走了。

我整整牺牲了一小时睡眠！

一旦许下诺言，就必须立即履行。如果拖延，就可能横生枝节，使你打算去干的事情告吹。

我赶紧回住处去睡觉，这是最紧迫的。醒来后，我就匆忙收拾东西，把一切全塞进一只口袋，只把那件漂亮的机械员工作服留在外面。这是一件蓝色工作服，蓝得像薰衣草，干净得仅次于山泉水。我想，到了杜洛瓦尔，应该穿得体面点。

我本想找巴普蒂斯坦帮我刮刮胡子，但经过考虑，还是留着已呈灰白色的胡子比较稳妥。它使我显得年老、稳重，容易博得别人的信任。这胡子和那件工作服相得益彰，正合我的需要，使我显得整洁而不年轻，有经验而又大方，是一把干活儿的好手，又不会勾引女人。我们这种人可能是很粗俗的！不过这次，倒是为了去干一件大好事。

我把东西收拾停当，已经快六点钟了。场上正在脱粒，我落得清闲一会儿倒也不错。今天已经晚了，去杜洛瓦尔，路程本来就不近，还得涉水过迪朗斯河，这时候出发，到达那里，大概要九点钟了。那样，我这胡子和这件工作服，也就统统不起作用了。另一方面，我已把工作辞掉，工钱也已拿到手，再去场上干活儿，岂不愚蠢吗？所以，我把行李卷往麦秸底下一塞，两手往裤兜里一插，就像一位绅士，往田野里溜达去了。

我的年轻伙伴的故事，起初我曾觉得有点儿荒唐，在这天傍晚的漫步中，我却完全理解了。通过这次漫步，我一下子明白了，这片褐色的土地，这片美丽而坚实的土地，在我们心里占有何等重要的地位！我不是本地人，我一直说：我是四海为家的游子。不，真正讲起来，我属于大地。而我所依附的大地，如马里格拉特这片土地，到处是金黄的小麦，苍松翠柏掩映的低矮的农舍，还有那丛生的毛栎树，被太阳晒得枯黄的野草；干涸的小河里，流淌的不是水，而是大车的辚辚声、百里香的芬芳和牧羊女的欢笑。

虽然我不是本地人，但归根结底是大地养育了我，是大地培养了我的思维方式，我为此自豪。为什么呢？只要你来干干我这一行，天天与土地打交道，干得腰酸背疼，你就会明白了。

天黑的时候，我在一块草地旁边摊了一个铺。整个草地在夜风中歌唱。我面向星空，酣然睡去。

四

我不知道什么地方可以涉水过河，放眼寻找了好久，也没找到。不了解水的深浅，可不能贸然过河。水流这么急，人到河中间一失足，就会被水卷走。几天以后，有人会发现尸体（如果能发现的话）在一个深潭里打转，肚子鼓得像个大西瓜。那时，失足的人就进天国了！所以我不得不沿着河岸往上走。所到之处，迪朗斯河的水都很深，生长着茂密的白桦树的岩岸下，是一个个水潭，深不可测，但很平静。时时有鱼儿跃出水面，又啪的一声落进水里。

我到了杜洛瓦尔上游很远的地方。杜洛瓦尔一直与我隔着一条河，现在已消失在一座山坡后面。我继续溯流而上。嘿！我脚下的迪朗斯河，终于在石头上翻卷着白色的浪花。我对自己说："老蠢猪，再不从这儿过河，你会沿着这一岸一直走到意大利去的。"我下了水，河水浸湿了我的腹部。现在正是上午，河水并不凉。我爬上岸，一头撞在一丛荆棘里。那荆棘比皮帽上的毛还密，比皮埃蒙特人随身带的刀子还锋利。真糟糕！我一边挣扎，一边骂“他妈的婊子”，但无济于事，只不过出出气，痛快点儿而已。出了荆棘丛，我到了一条铺着细白沙的小路上。小路蜿蜒在山腰间。

应该说，迪朗斯河的这边与马里格拉特大不相同，没有什么肥田沃土，只是从山脚下到草木丛生的河岸边，有一条狭长的土地，最宽处不过百把米。它一边临水——好恶的水！那是从崇山峻岭间奔腾下来的滚滚激流；另一边靠山——多么荒凉的山！抬头但见岩石和荆棘。那上面就是瓦伦索尔高原，谷壁异常陡峭，顺着它仿佛可以爬到天上。每到夏季，仁慈的上帝就催动雷霆，在高原上播下一场又一场暴风雨。那景象，站在这条小路上就看得见。

我介绍这些，无非是想告诉你，我在小路上走了足足一小时，没有遇到一个行人，没有看见一户人家，也没有听见山泉淙淙流淌。路上的尘埃里，看不到车辙的痕迹，只有喜鹊的三趾爪印。每隔一段距离，路旁就有一条山沟。沟口堆着两堆上次暴雨冲下来的沙石，横卧在路上。

终于，我看见杜洛瓦尔了。它背靠高原，干草仓紧贴着山崖。前面直到河边，有两棵悬铃木和一片苜蓿。苜蓿地百来步长，边缘被激流冲刷得似锯齿一般，一块块带草的泥土崩塌下去，被流水卷走，喂肥了迪朗斯河！

苜蓿地一侧，一片疏落的果园，碧绿而潮湿，树干下半部霉得发白；另一侧一座茅舍，略呈长方形，还相当坚固，但有些梁椽和石块已裸露在外。这就是杜洛瓦尔。很明显，这户人家并不富有，只要看看门框的木头和修补过的屋顶就清楚了。

现在必须确定一个行动计划。我钻进灌木丛，把蓝色工作服、裤子、贝雷帽拿出来穿戴好。我知道自己的外表已颇体面，但仍不敢贸然行动。

每当准备干一件需要小心谨慎的事情时，我总喜欢微风在耳边吹拂。我掏出一块面包，一边吃一边想："等会儿吧，总能碰上一个人可以打听情况，否则真是见鬼了。"

果然，中午时分，小路拐弯处出现了一头母山羊，接着又一头，一共五头，还有两只羊羔，后面跟着一个小羊倌。小羊倌个子不太高，走路时低着头，专心致志地用手指在搔一只蝉的肚皮。

"喂！"我叫道。

羊倌和羊群立刻停了下来。真是"佛要金装，人要衣装"，要是我没穿这件漂亮的工作服，小羊倌准会吓得赶着羊群往山里跑了。

"这个地方叫杜洛瓦尔吗？"我问道。

"是的。"小羊倌回答。

“那是巴尔巴鲁家吗？”

“是的。”小羊倌一边答道，一边把蝉紧紧捏在手心里。

“你知道他家要雇人打场吗？”

“不知道，”小羊倌说，“我不住在这儿，我家在鲁塞。”

我了解到的情况已经不少。有了这些情况，老伙计，就可以行动了。但是，看到杜洛瓦尔农舍那样破败，周围的土地那样贫瘠，我又泄了气，不由得暗自问道：“去还是不去？”

并非我这个人畏首畏尾，而是从种种迹象看，情况很不妙。到处是光秃秃的石头，满目荒凉，荆棘丛上覆盖着尘土；尤其杜洛瓦尔农舍，坐落在那片硗薄的地边，屋前房后满是粪尿，恰似一位老妪，遍体疮疤，毫无生气。目睹眼前这一切，我又想起了阿尔班的痛苦。出发时我曾想，我之所以来这儿，就是为了他。这不是什么美差使，但顾不得那许多啦！

就这样，我穿着蓝工作服，戴着贝雷帽，仪表堂堂，却蹲在荆棘丛里犹豫不决。根据太阳判断，约莫下午三点钟，小路拐弯处又出现了一个人。这回来的人完全出乎我的意料，一身节日打扮，黑色的衣服，结成蝴蝶结的领带，赛璐珞的假领子，一顶挺括的遮阳帽。总之气派得很，而今天并不是礼拜日！那人走得汗流浃背，满面通红。我漫步迎上去，向他打听情况。

“唉，小伙子，”那人回答我说，“我和你一样，也不了解。

我是城里人，是下乡来通告尤斯蒂尼安岳母的安葬日期的。杜洛瓦尔那一家我恰好没去，主人正在生气呢。”

真不凑巧。

我像鬼使般的对自己说：“管他呢，去吧，总不会被人吃掉的！”

我倒是没有被吃掉，但差点挨了颗枪子儿。

大路在离那家很远的地方拐一个弯，绕过了茅舍。一条土路通到那儿。我踏上了土路。当我走到两棵悬铃木下时，门开了（我踏上土路时，屋里人可能已躲在门背后监视我）。出来一个男人。那人高高的个子，满脸又黑又密的胡子，一个大下巴向前翘着，像一个犁头，两只眼睛炯炯有神。他的右臂用一块红色三角巾吊着，左手握着一支枪。

“你去哪儿？”他冲着我问道。

“对不起，”我像防备恶狗似的，在离他十来步远的地方站住了，“我来打听一下，您家里是不是有时要雇个把人打场……”

我感到他在向我靠近，瞪着眼睛上下打量我漂亮的蓝色工作服和仪表。我咧着嘴，装出一副憨厚的样子。

“去，去，走你的路吧，这里不需要你。”

我信口又编出一套话来，说：

“东家，我可不是坏人，普天之下，人人各得其所，我来讨碗饭吃，但不是白吃，我会干活儿，而且叫干啥就干啥。请您雇我吧，我老了，大户人家都不愿意再雇我；小户人家也不肯雇我，我就得饿死，难道我该当这样吗？”

“你饿死就饿死，”对方干巴巴地说，“像你这样能干的人有的是。行了，走开吧！”

“东家……”

但他不让我把话说完。

“你要我给你一枪吗？”他吼道，“说吧，要吗？”

他说着举起枪，试图用受伤的右臂托住枪管，但长满胡须的脸疼得全扭歪了。

说实话，我打算逃跑了。

“又发生了什么事儿？”屋子里一个女人的声音问。

这个女人，我等会儿要向你介绍，因为正是从她脸上，我逐渐摸清了我要了解的事情的底细，同时也正因为想到她，我才像一个精雕细刻的工匠，把这户人家的活计料理得井井有条。

总之，这女人讨得了我的喜欢，这一点她是可以自我夸耀的。一听见她的声音，我就暗自说：“现在这家伙不敢开枪了。”并不是因为她是一个很风趣的女人，啊，不！也不是因为她是一个爱饶舌的女人，不，完全不是这样！不如说她叫人害怕，使人因为怜悯而害怕。不过，当时我放了心。事情就是这样，你去琢磨吧……

女主人话音刚落就来到了门口。我懂得这儿的习俗，赶忙脱下贝雷帽，说：

“您好，女主人。”

她已经揪住她男人那只好胳膊，威严地抓住不放，同时显得有点胆怯，这看得出来，但态度还是很坚决。看来，她是一个心地像一墩好木头一样正直的女人。

“又拿着枪，克拉留斯，怎么老是手不离枪？对所有打这儿路过的人，对可能来向你讨口井水喝、要块面包吃的人，你都拿枪对付人家？你受了那次打击，就忘记了为人应该善良。我都不认识你了，你这个人啊！人家什么地方招惹你了？你没看见他是个老头儿？”

看来女主人没有仔细打量我。一个老头儿？哈，有门儿，我是一个老头儿，就更能讨她喜欢。得了，我尽说些蠢话。这女人——我后来才发现——真好比我们发霉的生活上抹的一层黄油。

女主人轻轻地拍着她男人的背，就像对待一匹受惊的马。端着枪的那只胳膊落下来了，枪放到了墙边。于是，我大胆地朝杜洛瓦尔农舍迈出一步，接着又迈出一步，一直走到茅屋的阴影里，因为我头脑里有一个既定的主意，它像一个铁钩子，拉着我朝前走去。

“你这个好人，到这儿来有什么事吗？”女主人问我。

“是这样，女主人，我找活儿干，到这里来打听一下，你们是否有时需要人打场或干别的活儿……”

她男人呆呆地瞧着自己的两只脚，同时用左手抚摩着吊在三角巾里的胳膊。

女主人朝那只胳膊瞟了一眼，说：

“我们也许可以商量。克拉留斯，你就别像骡子一样倔强了，你那个样儿，要三个月才能好。喂，汉子，你要多少钱一天？”

我盘算着，想讨一个合理的工钱，既不太高（因为我希望干长久点），也不太低（以免让他们看出破绽）。这时，女主人又对我说：

“得把割下的庄稼全部运回来。我们有一头骡子，还有萨图南。不过，萨图南基本上不中用。”

接着，她又压低声音——但我耳朵尖，听见了——对她男人说：

“不用担心。”

讲定了每天工钱三十苏，包食宿。为了给主人一个好印象，我对他们说："我可以马上开始干。还要过一会儿才天黑呢。今天傍晚干一点儿，明天就可以干别的。"

他们让我清扫马厩，整理场院。我脱下蓝色上衣，按照背上的线缝，一本正经地把它叠好，叠得非常仔细，因为我知道，女人们喜欢这一套。果然，女主人看着我叠好了衣服，才进屋去。

成了！我都有点不相信这是真的。假使这两口子当时叫我通宵打场，我也准会满口答应去干的。

仔细观察，东家这人似乎并不坏。在那满脸黑油油、乱蓬蓬的胡须下面，他的面庞还相当漂亮。他的目光尽管阴沉而又燃烧着怒火，但有时会像马蜂的翅膀忽闪好一阵，似涓涓细流那般温柔，流露出心地的善良。可是，唉！他那翘起的下巴却仿佛时时在说："老子要怎样，就得怎样！"

凡遇到这种情况，我一贯是很识相的，一点岔子也不会出。我只顾埋头干活，闭着嘴一声不吭。主人会想："这一位倒是肯卖力气，用不着监督他。"而后我的处境就好了。

因此，我顺手抄起一把杈子，就好像刚才用完后放在那儿似的。根据马嚼子发出的声音，我又立刻判断出马厩在什么地方。但是，我正要转过谷仓的拐角时，与一个家伙撞了个满怀。要是在别的人家，我准会在两天之内成天拿这个家伙开心。你想象一下吧，一个已显得有点老的家伙，不，这是一个货真价实的老家伙，有着一张哭丧脸，两只大耳朵支棱着，就像一头正瞧着自己影子的驴子的耳朵，两腮稀稀拉拉生着几根红棕色胡须，一张阔嘴老是咧着在笑，宽阔的前额仿佛一直延伸到了后脑勺上，一头红发像花冠似的装饰在头上。老家伙拍着大腿直笑哩。

我不由得停下脚步问道：

“怎么，出了什么事吗？”

“你，你去那儿干什么？”他反问道。

“去干活儿。”

“去干活儿？你去见东家了吗？”

“那还用问！”

“你没有挨枪子儿？”

“枪子儿？你在哪儿看见过枪子儿？我这模样，人家会拿枪子儿接待我？你也不好好看看我，嗯？我当然见了东家，他握着我的手说：‘你好啊，老伙计，请你去清扫马厩行吗？’我当然不能拒绝，我这正去哩！”

真痛快！

我撂下老家伙走了，他像一株秃柳站在原地摇晃着。

这人就是萨图南。

用晚饭时，我的餐盘摆在他的餐盘旁边。他的毛病就是爱笑，老是控制不住自己，与这个家庭的气氛很不协调。

女主人——她名叫菲洛梅娜——紧闭着嘴，默默地来回于灶台和餐桌之间，每回都舀上满满一勺汤菜。她懂得先后次序：第一勺给男主人，第二勺给萨图南，第三勺给我，因为我是新来的，最后一勺给自己。她是个干瘪女人，衬衣前面略显隆起，但仅仅是一边，因为那地方塞着手绢。她的头像是木头刻的，我拿块木头，几刀子就可以雕刻出来。她的脖子恰似鸡脖子，又细又皱。但她那张嘴却十分阔大，是一张很会吃面包的嘴。她的眼睛总是湿润的，鼻子时时抽搭着，仿佛嗅着从她心里涌流出来的泪水。克拉留斯歪着身子俯在汤盆上，那只受伤的胳膊疼得厉害时，他就紧紧地咬住牙忍着。你看吧，这两口子其实都是好人，非常好的人。只是不知道发生了什么事情，菲洛梅娜的眼泪就像泉水一样，一天到晚流个没完，而克拉留斯动不动就拿枪对付人。唉！你能挑他们的错吗？

吃饭的时候，萨图南老是笑。

说实在的，这令人心里很不痛快。吃饭的这个房间相当宽敞，地面铺着砂岩块，天花板很高。房间里不算暗，因为灶膛里燃着小火，而且天还没黑，光线从敞开的门照射进来。渐渐地，夜色带着星光和草木熠熠闪烁的光辉，溜进了房间里。靠里壁，摆着一个餐具架，晾在上面的苹果干散发出阵阵香味，但这香味似乎给房间里增添了一层忧郁气氛。火墙旁边是洗碗池。我进来时，抬眼打量了一下这房间，头一个映入眼帘的，就是那个洗碗池。它上面第一块小木板上，搁着几个粗瓷碗和几个缺口的盘子，但我注意到，在那些碗盘中间，有一只蓝底白点的细瓷小杯子，又精致又漂亮，显然是未出嫁的闺女用的杯子。就像在摆设讲究的人家一样，那只杯子倒扣在托盘上。我心里嘀咕着，一直想着那只杯子，送进嘴里的一匙匙汤，仿佛浇在食道深处一个苦涩的东西上。

我已经说过，吃饭的时候，萨图南不停地笑。他这个人，除了笑，似乎别的什么也不会。刚才他还在笑，笑得那样憨厚，那样爽朗，因为在深蓝色的夜空下，天气是那么温暖，而在他这种人眼里，生活就像五月的果园那么美好，万紫千红，五彩缤纷。刚才他大概是在笑，因为此刻，他似笑非笑。这很难向你描述，不过我试一试吧。请想象一下，一种憨厚爽朗的笑，突然之间凝滞了，像水一下子结成了冰。请想象一下吧。萨图南的笑凝滞了，仿佛突然之间发生的一件事情，使他的笑冻结了；他的笑冻结了，像水一般冻结了。过了一阵，那笑又恢复了温柔的生气，那是顽强的生命力，温馨的生命力，不管外边发生了什么情况，总是无忧无虑地在血液里奔流不息。因此，温馨的生气复苏了，萨图南的笑解冻了，又流淌出来，但显得混浊，恰似结冰的水在解冻时一样混浊。萨图南的笑就是这样。

实际上，萨图南的笑，与男主人拉长的脸上的痛苦和女主人的啜泣差不多。

这使我失去了食欲。

你看，我对面坐着男主人，他那只受伤的胳膊吊在红色三角巾里。看得出来，胳膊的疼痛和内心的痛苦，像一群耗子在活活地啃啮着他。男主人旁边坐着女主人。把汤分完后，女主人就在丈夫旁边坐了下来。她的眼睛下面，有两条长长的皱纹，那儿的皮肤几乎被泪水泡烂了，眼皮也完全泡烂了，红红的。在很大程度上，女主人是靠泪水来减轻心头的痛苦。

女主人叹息一声。

桌子上只剩下汤匙的声音。萨图南咬着嘴唇，那样子似乎在对自己说："瞧，不能这么笑。你没看到他们愁眉不展吗？你还装什么傻？"但接着，他更响亮地笑起来。他不得不装作咳嗽，用餐巾捂住嘴巴。

我对这三个人充满了怜悯，终于把餐盘一推，说：

"祝你们晚安。"

五

清晨五点钟，我就把场院清扫好了，还挖了一个洞。接着，我又去找木桩。人们都还在睡觉，杜洛瓦尔也在睡觉，家家户户都一样。散居在这片贫瘠土地上的人家，全都过着平静的生活。

我说的是这些人家。另一类人家，即那些富有的人家，也生活着，但同膘肥体胖的肥猪一样。那种生活没有一点意思，他们饱食终日，吃甘餍肥，并因此而自豪，同时又挖空心思压榨穷人。穷人们再也无法忍受，便害羞似的躲到山林中去了，当你路过时，你会看到门前有一丛蔷薇或一架茂盛的紫藤，如此而已。至于各种各样的野花，房前屋后有的是，竞相开放。

这是我所喜爱的。

杜洛瓦尔还在沉睡。睡梦中，它袒露着贫苦妇人般的身躯，实在够寒碜的。

我需要找一根又粗又结实的木桩，竖在场院中间。我翻遍了谷仓，又像一只笨羊般在谷仓里转了好几圈，但白费了力气，连木桩影儿也没看见。最后找得不耐烦了，我拿把斧头，去河边柳丛里砍了一根树枝。这根树枝笔直，像我的大腿一样粗。

我把它竖在场院中央，选了几块坚硬的石头，把它固定得牢牢的。成啦！

那木桩实在好看，笔直笔直的，竖在清晨的场院上，宛似一根旗杆。

我听见四周的鸟儿仿佛都在叽叽喳喳地议论："瞧！杜洛瓦尔这一家终于要打场啦。他们并没有什么不幸啊，因为他们开始打场了。莫非情况发生了变化？"

是的，孩子们，情况变了。这里边有我阿梅德一份功劳哩。我这个人，一旦真心实意干一件事情，就一定会干得呱呱叫。是的，我是真心实意干的，这是为了答谢主人的一片好心。答谢他们使我昨夜得到温饱。这一点，我等会儿还要谈到。

经过我一番准备，当东家来到场上时，各种东西都井井有条地摆成了一圈：麦捆、木锨、垫子和盛麦粒儿的口袋，一切都已准备就绪，只等着战斗开始了，而士兵就是我和那头骡子。

"你真能干。"东家说，一面高兴地吹着口哨。

他这儿转转，那儿转转，看我的活儿干得怎么样。他来到我背后时，拍了拍我的肩膀。我转过身，他向我伸过手来，我愣了一会儿，才明白他是要和我握手。

"你不记恨我吧？"他问道。

记恨他？你想想吧，我怎么会记恨他！唉，可怜的人哪！自从昨天晚餐后，这个家庭那种凄惶的情形，唤醒了我的老脾气：救人危难。

请相信，我这个人要是有钱，绝不会花在买高级雪茄和鹿皮帽子方面。绝对不会，请相信我吧。我会时时想到医治自己的心灵。东施舍五法郎，西救助五法郎，对富人来讲只不过是九牛一毛，但却能解救穷人的危难，也算得上给这个世道点缀一朵小小的鲜花。你不觉得这是可以做到的吗？

当然，我很少这样救助人，因为十回有九回我不名分文。但是，我以我的劳动，以我的双手帮助别人。这经常使我心里热乎乎的，有时甚至……总之，这是我的天性，有时我不免因此而干一些傻事，所以这种事也就不值得吹嘘了。

这个破败的人家，这个家庭的三口人——萨图南显然也不例外——成天受着痛苦的煎熬，这使我通宵辗转难眠。我反复对自己说："阿梅德，你要是还有点儿心肝，就应该帮助他们，帮助这三个可怜虫打场。东家的胳膊摔断了，他会把麦子卖青卖掉的，那是赚不了什么钱的。帮助他们赚点钱吧。"

我这张嘴勉强称得上能说会道，但还是请你帮助我表达我的心情吧。因为我这些想法和我来这里的目的十分矛盾。我来这里的目的是帮助阿尔班。关于阿尔班的事情，我一眼就看清楚了。这个家庭里没有姑娘。因此，等待着他的是坏消息。直到中午时分，我打完了两大捆麦子，轻轻地抚摩着一大口袋扬得干干净净的麦粒时，才差不多想好调和这种矛盾的方案。

处理坏事情，总不可操之过急。阿尔班在上面等待我，会一直等到十一月中旬。那家人家我是了解的，他在那里不会遭到怠慢。这个倒霉的消息，应当尽量让他晚一点知道。这样，我就能在这里一直干到东家的胳膊痊愈。我确定了一个时间表：花十天时间打场，然后将麦粒入仓，把麦秸归垛，再摘完那点葡萄。过一个月酒酿出来了，我还足足剩下半个月时间呢。

你肯定会说，一个人单枪匹马干这么多活儿，真够呛。的确够呛，但他们看到我这样拼死拼活地干，受到鼓舞，也豁出命来干了。压场的时候，每当骡子打瞌睡时，萨图南就抓住缰绳，搔它，把它弄醒。我常常看见他弯下腰，翻开麦秸，抓起一把麦粒儿，在手里掂量着，让它们从手指间流下去，他笑了。不过，这时他的笑再也没有凄楚的迹象。他大概是因为重新干活而笑吧。克拉留斯尽管一只胳膊摔断了，也拿着杈子，咬紧牙关干。到上午十点钟，女主人菲洛梅娜叫道："吃饭了！"她几乎像个正常人了。

真是太好了！

第二天，太阳出来个把钟头后，克拉留斯突然眼珠子一翻，一头栽倒在麦秸上，幸好着地的不是那只受伤的胳膊。

我像抱木偶似的把他抱起来，背回去放在床上。骡子立刻停下来。这些畜生总是利用一切机会偷懒。

“赶它呀！”我冲着萨图南叫道，“快赶，那畜生打呼噜了。”

我待在菲洛梅娜大嫂身边。

这女人痛苦已极，再增加一点儿痛苦，她就经受不住了。

这样，晚餐的时候，我和她决定——她男人在卧室的床上呻吟——第二天由她送病人到城里去医治。

第二天，我一大早就起了床，把骡子梳刷一遍，又把鞍具预备好。六点钟左右，菲洛梅娜大嫂来到马厩。她稍许打扮了一下。到了城里，可不能让自己的痛苦摆在脸上。那儿人多，又爱评头品足，总得有点自尊心嘛。宁可让人家羡慕，而不能让人家怜悯。她戴上了漂亮的、黑油油的假发，一条头路把假发分得匀称极了，纹丝不乱，俨然是一位讲究的家庭主妇。她还穿了一件罗缎衬衫、一条灰色毛料裙子，腰带上别一枚乌黑发亮的别针。

要是在另一种情况下，我准会开玩笑说：“女主人，您把压箱底的衣服翻出来穿了吧？”但此时，看到她打扮得年轻了许多，我立刻想起了另一位，即阿尔班所思念的姑娘，所以我低头看着车辕。我感觉到，女主人到这里来，是有话要和我说。

我等着，她果然开口了：

“伙计，能单独和你待一会儿，我很高兴，我有点事情和你谈谈，请你听着。你先去看看我男人是否在门后偷听。

“没有？好。

“首先我得说，你是一个正直的人，很忠厚。有了你在这里，我的心情就轻松一些了。不过，这不是主要的。我要和你谈的，是我们家的生活方式，以免你想入非非。

“我们家的人都不大说话，但这并不是因为傲慢。我男人用猎枪接待了你，也不是出于恶意。

“他成天诅咒上帝，因为我们都不知道怎么办好。我们太不幸了。不幸纠缠着他，就像一窝马蜂在他周围飞舞。”

说到这里，女主人摸了摸心口。

“而我呢，你看，这里面就像有一块石头，沉甸甸的，把我彻底压垮了。

“这真是要我们的命呀，我可怜的人。

“要是有时候，你看见我拿着汤勺愣在那儿，该给你盛汤却忘了盛，请你不要见怪。你就自己到盆里去盛，自己侍候自己，就像在自己家里一样。有时，要是我在地里或房子附近遇到你，连招呼也没打，就从你身边过去了，请不要以为我瞧不起你。那样我会感到难过的，你就当作我正在寻找一个地方，一个可以使我的痛苦略略平息的地方。”

听了女主人这番话，我心情非常沉重，连骡子的肚带也不知道该扣在哪儿了。女主人接着说：

“过去，无论是想问题还是说话，我是那样干脆利索，有条有理……”

我还以为她要对我谈安日尔的事情呢。哦，说实话，这是不可能的。除非我把一切都向她讲明白，否则她不可能提这件事。她打住了话头，而在心里嘀咕了好一阵子。

过了一会儿，她继续说：

“对于克拉留斯，我希望你随和一点。他说的那些不堪入耳的话，你一概不要计较，把耳朵堵起来。其实，他是整个这地方最正直的人。过去，就在不久前，乡亲们还都乐于来看望他。他待人殷勤，找不到第二个。谁家急需干草或死了人需要守灵，他总是主动帮助。卢马尼埃的儿子得了一种脏病，投了井，是他抓着绳子下井去把尸体打捞上来，又一个人帮他们守尸。当时那孩子的母亲玛丽亚纳特，像一头疯骡子似的向井口扑去，两个男人好不容易才把她拉住。回到厨房里，克拉留斯一个人苦口婆心地劝慰她，他的话是那样温柔又是那样中肯，终于使她恢复了理智，无疑避免了第二次不幸……可是现在呢，不幸落到了我们头上，他实在受不了。有时，我真担心他变得蛮不讲理。但是，我想叫你明白：每当他干坏事时，他心里想的总是做好事，只是他失去了理智，你知道，这是实情，我了解他。他完全昏了头，一切话都拧着听，一切事都拧着干。不要怨恨他，他的心是好的。”

菲洛梅娜又停了下来，马厩里顿时静悄悄的。

最后她问：“车套好了吗？”

我回答：“套好了，女主人。关于您谈的这件事，请放心好了。”

男主人在大门口等待。我牵着骡子把车拉了过去。女主人跟在后面。男主人站在那儿，弯曲的右臂吊在红色三角巾里，露在外面的手发青，肿得像个蓓蕾。一见到我们，他就恶言恶语骂开了。把上帝也诅咒了一通。

“你大概想看到我死去吧！”他冲着妻子说道，“我疼得不得了，你却根本不在乎。一个钟头前就该准备好了，而这一位……”

女主人连忙对我使了个眼色，我理解她的意思。男主人用那只好手狠狠地把她推到车边，然后回过头把大门拉上，费劲地把钥匙伸进锁孔里转动两下，接着把它放进衣兜里。

女主人上了车，回过身把丈夫拉上去，我也在后面扶着。

这时，我们俩的目光又相遇了。她说：

“伙计，这是习惯：在杜洛瓦尔，主人外出时，门必须落锁。这并不是不放心，而是习惯，你去问问萨图南就知道了。我把你们俩的饭预备好了放在篮子里，你们就在树下或谷仓里吃吧。”

“有什么好解释的！”克拉留斯吼道，“就是这么回事！一句话就够了。他要是不高兴，另找主儿好了！”

女主人抓起缰绳。顿时，我睁得圆圆的眼睛前面，浮现出另一幅情景。但映入我眼帘的，不是漂亮、刚强、庄重的安日尔，不是那匹烈性子骏马，而是满脸皱纹的老妇人菲洛梅娜，是那匹踏着柔软的草地懒洋洋上路的骡子。

路易那家伙安的好心，干的好事！

主人走后，我发现不仅门，连所有窗子也都从里边牢牢地插上了插销。眼前这座房子，简直成了一整块没有缝的石头。

“你别费脑筋啦，”萨图南冲着我说道，“每次都是这样。”

“哼！这事做得真不地道，”我说，“我从来没见过这种情况。他害怕我们把他家的梯子偷走吗？看来他根本不知道如何做人啦！”

“我告诉你吧……”萨图南吞吞吐吐地说道，“我告诉你吧……”最后他改了口，“来，我们来看看中饭吃什么。”

这天自然谈不上打场了，因为骡子走了。我把已打好的麦子量了一遍，这样觉得总算尽到了责任。然后，我和萨图南走进谷仓，掀开篮子。

女主人做事真不含糊：篮子里放着一块很大的火腿、一盘炒得嫩嫩的鸡蛋和两升颜色鲜亮的葡萄酒。

萨图南一看到这些东西就笑了，这是可想而知的。

他神经质地笑着。但除了笑，此人并不讲什么礼貌，只顾狼吞虎咽，一句话也不说。而我呢，一边吃，一边想着一大堆事情。这座简陋的房子的门窗，居然关得这样严实，我觉得十分蹊跷。我毫不吝惜地把自己的一升酒倒给萨图南喝：我有我的打算。

当他开始像小猪一样哼唧时（而我既清醒又冷静），我心里说：“你可蒙住他了，他用不着你请就会自己唠叨起来的。”

“那么，”我装出天真烂漫的孩子那种傻乎乎的样子问，“主人两口子发生了什么不幸？”

萨图南回答说：

“你甚至可以说，这些日子他们一点欢乐也没有。”

“有好长时间了吗？”我又问。

“相当长了。是的，反正很长时间了。”

这并不是什么有价值的情况。

“总之，”我说，“我不知道是不是这样，但看起来男主人很粗暴。”

“是这样，”他说，“要是在……以前，你就会了解他。我的意思是，你会说：他是最好的人。他过去是这样，现在还是这样。你看这一篮子东西，就是他在你套车时准备的。过去，就连高原那边的人，遇到了家庭纠纷、兄弟不和、闹分家或者姑娘们的事儿，也都来找他调解呢。他就是这样一个人……”

萨图南不再往下说。他默默地待着，也不再笑。这使我感到奇怪。他站起来，因为酒喝得过多，两腿有点发抖。现在他的笑容消失了，脸就像一个可怜的苹果，皱巴巴的，在寒冬腊月里孤零零地挂在枝头。他那副样子，比克拉留斯和菲洛梅娜还要难看。全家三个人数他最忧伤。他张开双臂保持住身体的平衡，踏着麦秸颤巍巍地走出了谷仓。

唉！你看，这个老长工，现在我理解他了，这个旧时代的长工，过去也许和我一样是打短工的。现在终于找到了归宿。他已经成了这个家庭的一员，与这个家庭的关系比与自己的亲骨肉还要密切。

他为这个家庭的痛苦而痛苦，另外两个人的切肤之痛，就是他的切肤之痛。

然而，他无足轻重，因为他是萨图南。主人随时可以对他说：“萨图南，这是结算给你的工钱，我们不需要你了，你走吧。”他毫无地位。可是，当我用酒把他灌醉，眼看他就要把情况说出来时，他却站了起来，像鸽子一样张开双臂，走出了谷仓。

啊！人们，我多么热爱你们。是的，在这里还存在几个这样的人，这会使其他一些人感到安慰。

六

当然，整个下午我休想再与萨图南打交道。我看见他待在果园深处，望着老树的枝叶。有一次，我假装也向那儿走去，他连忙走开了，像鸭子似的向柳林蹒跚而去。

你想象得到，麦粒很快就扬完，量完了，因为我们打了一天场。至于干别的事情，连想都不用想。每年这个季节，从早到晚都是为麦子而忙活儿。于是，我待在那里，像一个专门整治场院的工匠，蛮有兴趣地欣赏着我的场院。它干干净净，脚踩上去很柔软，而压起麦子来却很硬实；它圆圆的，上面堆着麦捆和麦粒，呈现出一派喜人的景象。

这场院整治得很不错。

我望着它，心里琢磨着，在这片不毛之地中间，它像一个什么东西呢？——它像一束鲜花。

我又打量那座房子。它是石头结构，墙壁、屋顶、护窗板、门扉，一点缝儿也没有，全都关得严严实实，里边想必黑洞洞的。我百思不得其解，为什么要关得这样严实，不让我们到里边去拿任何东西，连看一眼都不让？

将近黄昏，我听到骡子的铃铛声，接着看见车子沿着杜洛瓦尔门前的路，慢慢地驶了回来。男主人的胳膊四周夹了几块小木板，就像装在一口棺材里。

“伙计，”女主人说，“这个家现在要请你来管理了。我男人在一段时期内连工具都不能摸，医生让我们下了保证。”

一点不假，那是一条死胳膊，装进了棺材，只是还没有埋进土里，而是用绷带吊在男主人身上，如此而已。实际上那是条死胳膊。

男主人自己也明白，因为在把缰绳扔给我时，他以比较亲切的口气对我说：

“接着，伙计。”

你看，为了那个姑娘，我终于被拴在这里啦。姑娘的的确确出走了，而她留下的这三个人，还有等待着她的另一位，永远再也不可能有半点幸福。

想起来真令人同情，但又有什么办法呢？我思来想去，最好还是医好自己这该死的心病——见到别人痛苦心里就难受。只要克拉留斯的胳膊不好，我就留下来帮助管理杜洛瓦尔这个家。我将抽一天空——越迟越好——去通知阿尔班，然后再回来，把这里的活儿料理完。等东家的胳膊好了，我再听天由命，另作打算。

你看，这没有什么可高兴的。

就在这时，发生了一件微不足道的小事，使我又惊又喜。我情不自禁地一跺脚，对自己说："咳！阿梅德，你真是个大傻瓜！"我抓住了一线希望，就像猎人逮住了一只野兔。

事情是这样的：一天早晨，我到厨房里去喝咖啡。这里我得先向你解释一下：每天早晨我天亮起床时，菲洛梅娜大嫂还在睡觉。我轻手轻脚地走下楼，打开厨房门和护窗板，预备好生火的劈柴，然后再去忙外边的活儿。菲洛梅娜也养成了习惯，为了对我表示感谢，她总在七点钟左右叫我喝一碗热咖啡。因此，那天早晨我来到厨房，里面没有人。我是在进到屋子里面，准备在餐桌旁坐下来时，才发现里面没有人的。突然，我看到了一样东西。起初我没有反应过来，只觉得眼睛发花，眼前像有一个水轮在转动。

在餐桌角上，搁着一个蓝色的细瓷杯子，一个供未出嫁的闺女用的小茶杯。

这个杯子刚刚用过。

杯子底上，残留着一点牛奶咖啡，还有一点面包屑似的东西。

我对你说过了，我觉得眼睛发花，但没有明白是怎么回事，真正的认真思考，是在事后，而当时，我只觉得面前突然打开了一道门，眼前豁然开朗。

我呆在那里，盯着那只杯子，它深深地映入我的眼帘。哦，是的，可以这样说。现在我又看见了它，就与上次见到的一模一样。

它搁在那里，宛如一朵鲜花，孤零零地搁在餐桌角上。餐桌空空的，平平的，我记得在另一个角上，还搁着一根葱。情况就是这样。

我身后一扇门开了，那是通往地窖的门。菲洛梅娜大嫂从门里出来，手里端着那个杯子的托盘，托盘里搁着一大块面包。

我和她互相瞥了一眼，就明白了对方想说什么。

我的目光说："这是怎么回事？这是怎么回事？……"它很可能要把那个痛苦的事情喊出来，但那件事情到了我的胸腔里，顿时凝固了。

菲洛梅娜的目光非常迅速、非常忧郁地说："没什么，这没什么，就像你看到的，的确没什么。"

人会撒谎，而且显得如此自然，真令人瞠目结舌！

"哦，对了，你的咖啡。"菲洛梅娜说。

"不急，您煮吧。"我说。

彼此再也没说一句话。

我大口大口地喝着滚烫的咖啡，连嘴里的皮烫掉了都没觉得，而眼睛死死盯住那个蓝色的杯子。过了一会儿，菲洛梅娜大嫂走过来，装出若无其事的样子，悄悄地拿了杯子，塞在围裙底下，送到洗碗池子里。

事情就这么简单，但当我走出厨房时，仿佛复活节各处的钟声，在我脑海里一齐鸣响起来。

这天，天气看起来要变坏，我便在谷仓里簸扬麦子，同时也开始慢慢地簸扬着我对那个杯子的种种猜想。

让我们来分析一下吧：是男主人用过那个杯子吗？不。他早餐一般只吃点儿带刺激性的东西，例如野葱、鳀鱼或罐装奶酪之类。每回看见他用早餐，我总是暗自说："瞧，他准与脏东西打交道。"因此不可能是他，说实话，他的嘴不适合用那样的杯子。

至于女主人菲洛梅娜，仔细分析起来，情况又有所不同。

她有时用一个大碗喝牛奶咖啡。不错，那个碗大得像个脚盆，但她常喝牛奶咖啡，这是事实，只是今天早晨例外。我的意思是说，女主人也不可能用过那个杯子。因为，当我喝咖啡时，她拿出了那个大碗，涮了涮，几乎是当着我的面用完了早餐。

因此，这两个人都不可能。

还剩下萨图南。你也许会说："准是萨图南用那杯子吃早点了。"我会回答你说："不可能。那么你妹妹该用什么样的杯子？"而且我会和你争辩到底，萨图南怎么配用那种杯子呢？不过，此事太微妙，很难一下子作出判断，除非把摆在面前的各种情况都弄个水落石出。说实话，各方面的情况都不容乐观，但总算有了一线希望。

有时，我心里说："为什么一定不是萨图南呢？也许那杯子是指定给他用的。"有时，我心里又说："笨蛋，你总不至于糊涂到这种地步吧。萨图南如果用那个蓝色杯子，那么你呢，岂不该用金杯子了？"

为了一个瓷杯子这么个小玩意儿，我对你啰唆了这么一大段，这是因为，正是这个小玩意儿，引出了下面的整个故事。请你听明白：那天早晨，要是我等到女主人菲洛梅娜叫，才进厨房去喝咖啡，那个杯子就会洗得干干净净，倒扣在洗碗池的小木板上了，那样就会铸成四个人的不幸。四个人？我说什么？会铸成五个人，五个半人，甚至连我计算在内，会铸成六个半人的不幸。咳，你瞧！

这半个人你觉得蹊跷吧？等会儿你就会明白的。

萨图南来用车运装碎麦秸的麻袋时，我问他：

“告诉我，你用什么家伙吃早餐？”

他听了笑起来。

“是的，请你说说，你用的是什么家伙？是用杯子喝牛奶咖啡吗？”

他直到笑够了才回答说：

“你见过我喝牛奶咖啡？伙计，那是年轻人的习惯，我嘛，总是喝杯葡萄酒，嚼一大团烟草，你看，这对胃好着哩！”

傻瓜！

我真是个傻瓜！居然整整一早上都没解开这个疙瘩。

于是，我的脑子飞快地一转，那速度比我现在向你介绍快多了。看来，既不是克拉留斯和菲洛梅娜，也不是萨图南和我……

已经打开的门开得更大了，我眼前顿时亮堂起来。这就是说，在杜洛瓦尔，除了我们四个人，另外还有一个人。

对！我又想起了菲洛梅娜用托盘端着面包，从地窖里出来时的神色。

是安日尔!

这姑娘在家里。

咳，我差点儿把事情办糟了!

要是我把这里的活儿一撂，硬着头皮去找阿尔班，那岂不糟了吗?

你看，这事儿真玄!

你看，有时候事情有多玄!

现在，情况既已清楚，许多疑团也就冰释了。这说明为什么房子要关得那么严实，为什么萨图南守口如瓶。

至于为什么要把那姑娘藏起来，这并不难解释。因为，你我都知道，这地方的人是特别注重自尊心和名誉的，一个闺女私奔了，特别是跟路易那样一个坏家伙私奔了，这会招致风言风语，会引起人家戳脊梁骨。

人们会议论说："巴尔巴鲁家的闺女，你知道……"

如果她真的一去不返，那还好，家里人虽然痛苦，但只是在心里头，谁也看不见。但是，要是她走后又回来了，那么……唉!

当然，女儿毕竟是女儿，尤其对母亲来讲，自己的女儿总是好的，免不了要抚摩她的面颊。但是……但是人家会说："巴尔巴鲁这家人，娘儿们可不正经了。你知道，他们的闺女，哎呀呀……”

所以，这些生性温和的人都这么办：他们抓住女儿的胳膊，又是拧，又是推，又是打耳光，然后朝她屁股上狠狠踢一脚，把她踢进一间屋子，再把门一锁。尔后，那闺女只好在黑屋子里面对着门闩忧郁一生了。唉！

这样的事儿，我不是头一回见到了。

你肯定听说过吧，在马纳，昂绍庄的塞贵朗，就是这样把自己的妹妹幽禁了起来，突然他死了，按老习惯埋葬了。他没有任何近亲，只有这个妹妹克莱蕾特·塞贵朗。可是大家都说，他那年方二十、花容月貌的妹妹“飞了”，却没料到，她还在昂绍，被锁在后面的一个房间里，那房门一落锁，就再也没人来过问她。你知道昂绍那户人家吗？不知道？嗯，它位于离巴隆不远的一座起伏不平的山坡上，掩映在一片橡树和柏树林子里。你要是想去看看，可别记错了地方。

两年过去了，三年过去了，直到有一年秋天，一个艾克斯人想找块狩猎的地方，租下了昂绍。这人在那座房子里住下来，他带来了佩纳的两个花花公子和一些食物，还带来了两个下等妓女供他寻欢作乐。这些绅士所谓打猎就是那么回事。你见过当地的狂欢节吧？他们一直玩到深夜，一个个酒醉饭饱，才上楼去安歇。男的放荡不羁，女的赤身裸体，每上一级楼梯就发出一阵淫荡的笑声。但他们一推开房门，一具骷髅哗啦一声倒在地板上，就像是打翻了一篮子碎骨头。这就是克莱蕾特·塞贵朗。原来，她的指甲嵌进了门板的木头里，饿死之后就一直立在那里。

目睹这情景的那几个人，患了六个月胃下垂，据说其中一个成了哑巴，这也许让人觉得更可笑吧。

但最不幸的是，这姑娘遭此厄运是因为与索马纳一个羊倌相爱。那羊倌一直在思念着她，而且明明知道自己的情人近在咫尺，锁在房间里等死，却不能搭救她。他悲愤至极，最后悬梁自尽了。

你看，有了女人，生活变得多么复杂！

言归正传吧。就这样，我了解到重要情况。空气变得甘甜如蜜，杜洛瓦尔也变得更可爱了，因为我知道，安日尔被幽禁在这所石头房子里。我真想放声高喊，让这个消息飞过山岭，传到正在艾斯梅纳尔家喂猪的阿尔班耳朵里，消除他的痛苦。

整个上午我都很兴奋，中饭时，我默默地坐在克拉留斯和萨图南之间，慢慢地咀嚼着，他们俩一个因胳膊疼而嘟嘟囔囔，另一个用餐巾捂着嘴，笑得直打嗝。饭后，整个下午我不断嘲笑自己："啊，老笨蛋！啊，老笨蛋！"

白天还好，一到夜里，头脑里种种想法就立刻翻腾起来。我躺在床上，像躺在一盆火炭上一样，辗转反侧，不能入眠。这天夜里，我实在躺不住了，便起了床，蹑手蹑脚绕着住宅观察了一遭，在黑暗里似一尊耶稣受难像一样伸开双臂，悄悄从厨房一直摸索到谷仓。到处静悄悄的，只听见老鼠的响动。

一回到房里，我倒在床上就立即睡着了。

尽管很疲劳，我仍然睡得很不安稳。一个声音，唔，一个很小的声音把我惊醒了。这声音和这座老房子的各种声息混杂在一起，不过我平常并没有听到过，也许因为现在心有所思，听觉变得格外灵敏了吧。

那声音仿佛是一个婴儿在哼哼。

七

在我发现那个杯子的那天，要是有人问我："你一定会实现你的愿望吗？你敢下多少赌注？"我会回答说："啊，天杀的！赌一百法郎我都敢。"但在后来几天里，我却远没有这么乐观了，有时甚至觉得一点希望也没了。

"那个杯子有人使用过，这说明安日尔在家里。"这话说得很轻松，就算这样吧，但首先要搞清楚，她在什么地方？

其次，这个发现究竟解决了什么问题呢？

再其次，我能肯定她在家里吗？假设终归是假设啊。

最后，使我的希望彻底落空的是，杜洛瓦尔依然是杜洛瓦尔。这里除了克拉留斯、萨图南、菲洛梅娜和我以外，其他人连住的地方也没有。这里也听不到别的什么人呼吸，屋子里只有我们四个人走动和说话的声音，根本听不到别人的声音。我常常想起夜里似乎听到的婴儿哼哼声，但这和安日尔又有什么联系呢？因此只剩下一点是确实的：蓝色杯子和杯底上的牛奶咖啡，以及托盘里的那块大面包。但即使这一点也不完全可靠，因为自那之后，那个杯子一直搁在洗碗池的小板上，干干净净的，没再挪动过。

这究竟是怎么回事呢？

南方的天空突然开始出现了阴云。

每天，一阵阵强烈的、暖和得令人头晕的风，带着乌云刮过来。瓦伦索尔那边，云雾低垂，仿佛在空中形成了一道屏障。这说明要下雨了。

我们一停下手里的活计，就听见从遥远的高原上，传来大车的辘辘声和人们的吆喝声。这说明即使在风平息的时候，气流也在由南向北移动；而这气流的移动预示着要下大雨，连绵不断的大雨。

大雨是一天夜里在离我们很远的上游开始落的，那是在靠近梅泽尔的阿斯山谷。大雨到来之前，风暴夹着闪电，映红了整个天空。

我们躺在床上，听见上游的暴雨犹如万马奔腾，践踏着大地。我起床去关护窗板，哆哆嗦嗦地把它紧贴在墙上，用一只手压着。正当我摸插销时，闪过一道强烈的闪电，我看见一团团乌云正向我们这个方向飞驰而来。

第二天，迪朗斯河淹没了草地，漫过了桦树林子，听得见河水冲击着树干，雨眼看就要来了。

直到这时，我们这个地方一直干燥得令人难受。我对萨图南说："我们赶紧把麦粒入仓吧。"一共有二十七袋麦子，全部入仓后，我到四周检查了一遍，又把大车拉进谷仓，现在我们不怕雨了。第二天，大雨扫过奥莱松，到了尼奥泽尔那边，即我们的对岸。而我们这里热得像个火炉，你张大嘴巴呼吸，进入口腔的空气是滚烫的。闷热的空气凝滞不动，蒸得人汗如雨下。

大雨异常迅猛地席卷了尼奥泽尔。山丘笼罩在黑暗里，平原上一道黑黝黝的烟幕，自天上垂落下来，在田野上沉重地移动着。

这次，有几个粗大、白色的雨点落在迪朗斯河面上。那雨点大得像胡蜂，哗啦啦落下来。大家心里想：“总该凉快点儿了吧。”但这几滴雨反而给空气里增加了一炉炭火，到傍晚时分，大家连饭也不想吃，我一个人就把一壶像驴尿一样浑浊的水喝得精光。

我们盼望着雨，雨终于来了。

随后两天里，阴云渐渐散去，天空略略露出蔚蓝色的脸庞，闪烁着麦穗般的阳光。看来雨已向鹿儿山和高山区转移。高山区还时时传来雷声，但十分遥远。

一天下午三点钟左右，我对自己说：“你不想永远当圣诞马槽的泥人[①]吧？”于是，我爬到高原侧面的斜坡上，想找一把塞槽池的东西。

你知道是什么东西吗？是一束野石刁柏枝条，塞在槽池的出水口，可以防止泥沙流进水龙头。

我刚爬上头一级陡坎，蓦地觉得脊背上凉飕飕的，凉得可怕。

我抬眼一望，头顶上有五团巨大的乌云，全速飞驰着。这就是暴雨的前锋。那几团乌云还能略略分辨出形状，但接踵而至的是漆黑得望不到边的一片，如同泼墨，混混沌沌，伴随着

---

① 据《圣经》记载，耶稣诞生在马槽里。因此每逢圣诞节，普罗旺斯地区的人都用彩色泥人装饰马槽。这句话的意思是：“你不想永远喝泥浆水吧？”

一道巨大的、无声无息的闪电，闪电张牙舞爪地露出狰狞的笑脸，紧接着是一声惊雷。

我赶快向坡下逃跑。突然间，我听见滂沱大雨撵上来了。

正是这阵奔跑使我们免除了灾难，因为我很快就跑得喘不过气来了，只好钻进了谷仓。要是我跑到大门口，推开门进到杜洛瓦尔屋里，现在我们也许全都淹死了。全都淹死，你听懂了吗？就是说我们四个人和另外两个人。

是的，我腰一扭就钻进了谷仓，气喘吁吁地张着嘴。雨撵上我又超过了我。这是一场暴风雨，一场铺天盖地、翻江倒海的暴风雨，一场龙腾虎跃的暴风雨。

我看见住宅旁边一棵挺拔的杨树顶着风狂摆起来，接着扭曲成螺旋状，似箭一般被抛向了高空。谷仓顶上的瓦，一片片像山鹑似的飞走了。比鸡蛋还大的冰雹，噼噼啪啪砸将下来。

随着冰雹和雨点而来的，还有被风暴席卷的树叶。成吨的橡树叶子，从高原上刮下来，在空中呼啸而过；整根整根的树枝，从两公里以外的地方猛扑过来。

大地上喷泉般迸射出一道道闪电。

在杜洛瓦尔的对面，从高原到离住宅二十米远的道路上空，呈现出一条狭窄的罅隙，就在那条罅隙附近，平地一声惊雷，就像发生了地震。

我探头往外一看，啊，天哪！假如这暴风雨袭进了屋里就糟了！那后果我无法对你说，说了你可能也不会相信。我只说一件事情，就能给你一个概念：暴风雨过后，当我们清理这段道路时，挖了三米深才找到路面，道路像一条死蛇埋在底下。

卵石、岩块、泥土随着汹涌的山洪倾泻而下。

此时，我待在谷仓里，就像瘫了似的，后来的一切仅仅是凭着一股冲劲干的，自己根本不知道。

我只记得两件事情：首先，我冲到了露天里，暴雨鞭打得我背部和腰部阵阵作疼，冰雹擦伤了我的面颊。不一会儿，透过雨幕，我看到向我奔泻而来的山洪前头，一块巨石宛似军乐队的鼓手，大腹便便地滚动着，其状十分滑稽可笑。

紧接着一声炸雷，使我猛地收住了脚步，像一个法警直挺挺地立在那里；随后，我耳边响起丝绸般柔和的声音。

狂风过去了。

雨仍然很大，但已不那么猛烈了，杜洛瓦尔的两侧，奔腾着两条泥河。那块像军乐队鼓手的巨石，停在离我两米远的地方，卡在我们那辆大车的侧面。巨石把泥流分成了两支，使它们从住宅的两侧流过去，发出丝绸般柔和的声音。

那辆大车仿佛是由我推来的，停在杜洛瓦尔房后两株桑树之间。那两株桑树没有被撞倒。

如磐的夜色早已降临。

他们三个人默默地待在厨房里。

萨图南没有笑。

克拉留斯捧着受伤的胳膊。

菲洛梅娜大嫂一动不动地伫立在窗前，前额贴着窗玻璃，凝视着外边。

当我跨进屋时，她向我转过头。我借着灶膛里的火光，看见她两眼通红。

“这鬼天气！”我为了掩饰窘态，这么说了一句。

“嗯。”菲洛梅娜答道。

大家就这样待在黑暗里，好一阵没说一句话。

“的确是鬼天气，”克拉留斯说，“你去看过没有？”

“我？”我反问道。

“不，不是指你，是指大嫂。”

菲洛梅娜离开窗口，说：

“我这就去。”

“你要是出去，女主人，”我说，“可得当心，院子里满地都是断树枝。”

没有回答，只响起一阵脚步声。接着，我听见开地窖门的声音。菲洛梅娜没有点灯，用穿着旧布鞋的脚摸索着，下了地窖。

又过了一会儿，地窖里传来她的声音：

“克拉留斯，你来一下。”

克拉留斯走出厨房，随手把门带上。

厨房里只剩下萨图南和我两个人。窗户上还时时闪着电光，但一瞬即逝，劈不开厨房里沉沉的黑暗。萨图南和我在一起，但他在厨房里端，可能待在一个角落里。这黑暗实在太深沉了。只不过为了给这黑暗带来一点点生气，我终于信口说道（完全是无意的，我向你发誓）：

“地窖里可能进水了。”

我听见萨图南那老头儿在我身旁像哭似的笑了两声，说：

“地窖里没进水。伙计，和我一起待着吧。毫无办法。”

原来，他和我想着同一件事情。

为了摆脱这令人窒息的空气，而且现在也不会冒什么风险，我便开了门，冒雨走出厨房。

就在这天夜里，我看见了她。

是的，就在这天夜里，我第一次看见了她。她是阿尔班心里的明灯——安日尔，就是那位出色的车把式，杜洛瓦尔的明珠。

她的容颜可能大大改变了。有什么办法呢？苹果离开了枝头，就会遭到虫子侵害。总之，我想象中她是另一副模样，也许从前的她才是我想象中的模样吧。

不过，我瞥见她的一个动作，正是她所特有的，正是往昔那些美好日子里她所特有的。

事情的经过是这样的：外面，细雨如丝，杜洛瓦尔侧面的激流已经消退。我绕到住宅后面，立刻看见墙壁里漏出一道金色的光，原来是一扇门微开着，门背后点着一盏灯。

我小心翼翼地踏着卵石，以免发出声音。

我不得不脱下帽子，因为雨点落在帽子上咚咚作响。

我看见了他们：

克拉留斯提着灯。

菲洛梅娜大嫂弯着腰，脸冲着梯子，说："上去吧。"

我听见一阵细碎的脚步声。

我的心怦怦直跳，仿佛雷在我周围几公里处隆隆滚动。

"等一等，妈妈。"一个声音说道。这声音使我屏住了呼吸。"我担心他醒来。"

"见鬼……"克拉留斯粗重的嗓门说。

"嘘！"菲洛梅娜大嫂急忙制止他。

克拉留斯闭上了嘴。

安日尔出现在金色的亮光里。

啊，草地上纤弱的嫩苗！安日尔的柔软手臂就像一个筐子，里面躺着一个晃动着小脑袋的婴儿：耶稣！

门向着风雨微微敞开着，从门缝里流进去一股凉飕飕的空气。

安日尔现出姑娘们特有的嗔怒，望了一眼讨厌的门缝，然后举起树叶般的手掌，遮住那还没长头发的小脑袋。

八

自这以后，我眼前时时浮现出三个人的形象，仿佛他们活跃在我四周的景物之间。因此，每当我抬头望草木、苹果树和山冈时，看见的却是他们。

我看见阿尔班。他故乡高山的影子耸立在他身后。阿尔班和一队吹奏口琴的人在一块，他的村庄就像一个小包裹，用一把嫩绿的草拴着，拎在他手里。

我看见安日尔。她竟是那般模样！

我还看见那婴儿。

应该使这三个人结合。晚饭前，我走到菲洛梅娜大嫂身边，对她说：

“女主人，现在场打完了，麦子也都入了仓，只等着去卖了，有四五天没什么活儿，给我几天假吧，我有家口，很想回去看看。”

菲洛梅娜抓着一撮盐的手，在菜汤上面停住了。

“你说的不是假话吗？”

“不是假话，是真话。

“再说，我把一切都留在您家里，甚至不要您结算我的工钱，等我回来后再结算。

“另外，我嘱咐您，在我回来之前一粒麦子也不要出售。男主人是个好人，但他有心事，这会妨碍他卖出好价钱。等我回来去卖吧，一定能卖个好价钱。”

“你家住在什么地方？”

“住在佩路易斯。”

“如果是这样，行，伙计，你可以利用这几天回去看看。不过，你得回来。我请求你回来。自从你来到我们家，我才又有了点儿活气。”

“谢谢，女主人，我一定回来。”

“那么你什么时候走？”

“明天早上。”

第二天早晨，菲洛梅娜比我起得早。她为我准备了黄油、面包和一升酒，用一块红头巾包成一包。

我望着她的眼睛说："再见。"她明白这的确是"再见"，而不是"永别"，脸上露出了笑容。

多么善良的女人！

我身上没带钱，免得路上克制不住去喝酒。

过了奥莱松，我没有穿越德梅盆地，而是折向布里雅纳，因为这一带路上阴凉，走起来轻松。在佛卡尔齐埃路口，我遇见了以卡兹米尔为首的一队短工。他们在尼奥泽尔打完了场，正往回走。这帮人当然是要喝酒的。我与他们一起走进商业咖啡馆歇脚，一直待到晚饭后，将近黄昏五点钟才离开他们。

阿尔多夫出溜到了桌子底下，像头猪般打着呼噜，另外两个在长凳上睡着了。一位小伙子因为所挣的三十法郎全喝了酒，在一旁哭泣，而卡兹米尔，他正在和修车铺的伙计打扑克，那位伙计听任前来加油的汽车在油泵前鸣喇叭，不予理睬。

他们多么痛快！

我呢，嘴唇已有点麻木，但头脑还很清醒。

不仅清醒哩，我觉得自己的脑袋在天空中飘荡。

我像一位达官贵人迈步走着。

尽管这样，过了鹿儿山，我开始觉得双膝酸疼。到达佩路易斯时，已是夜里九点了。

总之，这是喝酒引起的，就这么回事！

从村子到艾斯梅纳尔家，还有三公里左右，而且路很不好走。

他们当然已经睡了。

当我踏上屋前那片耕地时，那条老母狗向我扑了过来。“得了，迪亚纳！”我说，“连朋友也不认识了？”一听到我的声音，狗立刻安静了，跟在我身后来舔我的手。“不错，”我想，“还没有忘记我。”

迪亚纳孤单无伴，这说明那条大狗土耳克正在山上守护羊群。我这样想着，抬头一看，只见加纳戈比山坡上闪烁着艾斯梅纳尔的小红灯。

啊，这家伙，还是老样子，从来不为他的妻子操心。

要是阿尔班没有满腹心事，会发生什么情况呢？家里住着那样一个男人，一般人是会提防的。

哎，得了吧，艾斯梅纳尔才不会为这么点小事担心呢。他向狗吹声口哨，点上风雨灯，把四个烟斗装上烟草，装得满满的，冰凉地捏在手里，一抬腿，就去守护羊群了。留在家里的两个人爱怎么样，由他们去好了，他才不在乎哩，他是一块木头。

我走到我熟悉的卧室窗户底下，叫道：

“喂，克洛兰德！”

克洛兰德穿着衬衣出现在窗口：

“是你，梅德？我听出了你的声音。等一等，我穿上袜子就来开门。”

我高兴地躺到了克洛兰德的床上，我并不对你隐瞒。她的床既温暖又舒适。

早晨，克洛兰德在梳头的时候问我：

“哎，是你叫那个人上我们家来的？”

“是的。他是我的一位伙伴。他活儿干得怎样？”

“你过来看看他。”

我起了床，走到窗帘后面，看见阿尔班正在喂猪。

他还是老样子，又壮又黑。我觉得他很黑，尽管他的胡子老是刮得干干净净，而且皮肤呈浅栗色。这可能是因为他愁容不展吧。

“这个人的特点，”克洛兰德说，“就是不说话。他根本不把我放在眼里，就好像我是一块石头或一片浮云。他打我身边过时，老是闭着嘴。还有，他带着一本日历，每过一天就在那上面划去一天。”

“对，”我笑着说，“好啊，我正是为这个来的。”

当阿尔班转身离开猪圈时，我已站在他面前。他打量我一眼，“啊”一声，就迈开大步朝我奔过，急忙问道：

“怎么样？”

我微微一笑，他明白了将得到的是一条极好的消息，于是也和我一样笑了。

“成啦。”

“怎么成啦？快说呀！”

“成了就是成了。你的安日尔在杜洛瓦尔，我的傻小子，就这么回事！”

他像一块石碑似的一动不动地立在我面前。就在这一刹那间，我发现他的痛苦消失了，犹如一件旧大衣，从他身上滑到了草地里，他顿时变得那么开朗，那么容光焕发，一如昔日鲍米涅那位英俊的阿尔班。

啊，要是安日尔见到他这模样，该多好啊！

“你和她说过话吗？”阿尔班问。

“啊，这个嘛，听我从头到尾告诉你吧。这要一会儿工夫才能说完呢。我们到草地边的苹果树底下去谈吧。”

于是，我们在地边灌溉渠堤的斜坡上坐下来，脚伸在草里，呼吸着清新的空气。

当然，我们没有必要担心克洛兰德来偷听。要是艾斯梅纳尔回来了，打这儿路过，我可以装作在干活儿。至于克洛兰德，难道我跟她的交情不够深吗？

我把一切告诉了阿尔班。

一切？不，并没有把一切全告诉他，我告诉他的，仅仅是我在寻找安日尔过程中所遇到的困难以及发现她的情形。最后，我告诉他，安日尔肯定在家里。

“那么，”阿尔班说，“她就这样白天黑夜老是被幽禁着，幽禁得那么严，连清晨和傍晚也见不到她？她父母肯定是狠心肠的人。”

“不，可能不完全是因为心肠狠，而是因为他们头一次遭受不幸，所以采用了这种土办法，正如……另外……”

“另外什么？”

“嗯，好吧，这件事情我有意留到最后才说。并非因为这是最好的消息——最好的消息总是一开头就会说出来的——而是因为这是最坏的消息。当然，安日尔回来了，这是主要的，但是不应该忘记，在这之间曾经有过路易……”

“还有呢？”

“这种事儿是重要的，它会留下痕迹……”

“还有呢？”

“还有嘛，还有……咳，她有了一个孩子。情况就是这样。”

听到这消息，阿尔班说了一句话，这句话仿佛是径直从鲍米涅飘来的，径直从那不知道人间龌龊的参天树木和洁白无瑕的冰雪之上飘来的。

这句话是那样清新，那样坦率诚恳，不包含任何不可告人的私心，宛如一杯没有沉渣的葡萄酒。

“这没有关系。”他说。

这之后就该出发了，你想得很对。立刻就走，连中饭也不吃就走。不过，这不完全符合我的愿望：我想喘口气，真见鬼！尤其是，我闻到从厨房里隐隐飘来鸡肉的香味；再说……你能理解吧，我想和克洛兰德告别，我们已经有六个月……

对于这种事儿，克洛兰德非常机灵。吃过中饭，我对她略一摆头，她就到卧室里去了。而我呢，因为阿尔班在场，有点儿不好意思，就好像克洛兰德还是一位少女似的。这你不会相信吧。我装出老练的样子，一边哼着歌儿，一边想：“我找个什么借口蒙住他呢？看到我瘾头这么大，他会怎么看我？”

终于，我想出了一个借口：

“午睡一会儿吧，小伙子？杜洛瓦尔离这儿不近啊。”

阿尔班当然不至于这样傻。

“还得喂喂猪……”他说。停一会儿，他脸上露出爽朗的笑容，补充一句：“对，你需要午睡一会儿。”

他完全换了一个人，我告诉你吧。那模样儿真叫人百看不厌。

你应该想得到，我和克洛兰德并没有真的睡觉，这只不过说说而已。

我仰卧在床上，两手交叉地枕在头下，养了一会儿神。我问道：

“这是什么声音，克洛兰德？”

啊，这是风儿奏出的音乐。不过，这音乐是那么美妙，奏出了大地上和山林间一切最美好的东西。

这音乐令人想起碧森森的玉米地，高高的玉米秆儿，宽阔的玉米叶子。

这音乐散发着树脂、蘑菇和厚厚的苔藓的馨香。

“这个嘛，”克洛兰德回答，“这是他在楼下吹曲子解闷呢。他每天都这样吹。曲调实在美呀。”

是的，实在美。

这音乐无情地刺进你的心里，就像有人当面揭了你的丑。

就这样，六点钟左右，我和阿尔班出发了。

走了不久，我们上了两旁生长着悬铃木的大路，接着到了村边。又走一会儿，我们踏上了迪朗斯河和加诺戈比之间的大路。暮色降临时，回首那高高的山坡上，艾斯梅纳尔的风雨灯亮了起来。

我们继续赶路。

九

第二天早晨将近五点钟，我们离杜洛瓦尔不远了。

你当然懂得，不能让阿尔班大摇大摆地，像一个预期要到达的人一样，和我一道进入杜洛瓦尔。不行，这件事我们俩在路上已合计好了，下面就是我们的打算：我知道在维尔碉山谷向阳的山坡上，有一座石头砌的小房子，四周没有树木，而是像牧场一样长满了百里香和风轮菜。那座石头房子呈圆形，顶尖尖的，宛似一个甜面包。再说，当地人确实把它叫作“甜面包”，也有人把它叫作“好汉皮埃尔之塔”，有时牧羊人把它当作羊圈。我们打算到那座小房子里去。

我们爬上山坡。

小房子很不错，虽然比巴拉巴[1]还老，但还挺坚固，石壁很干燥，里面黑得像炉子。对于像我的年轻朋友这种处境的人，这正是求之不得的栖身之处。

再说，他本人也立刻感觉到了这一点。

我们挂好挎包，铺好床，又把炉膛打扫干净，然后，为了庆祝我们的到来，点燃了一根粗大的松树枝。

松脂芳香扑鼻，一根小香肠往火上噼噼啪啪地滴着油，使得这早晨充满了节日气氛。不一会儿，初升的太阳宛如一只金色的鸽子，照到了门槛上。各种鸟儿从四处的灌丛里嗖嗖地飞出来。

多么美好的生活！

“指给我看一看吧，”阿尔班说，“杜洛瓦尔在哪儿？”

我指给他看那座像堆马粪似的小房子，它整个儿还笼罩在晨雾里。

阿尔班久久地凝视着那座房子，他的鼻子就像向你迎上来的狗鼻子那么翕动着。

他说道：

---

① 《圣经》里的小偷的名字。

“啊，她就这样关在那里，呼吸不到新鲜、带花香的空气，感觉不到风拂在她的腿上？太阳也永远照不到她的皮肤上？这很糟糕……”

小香肠掉到了火里，不得不用手指把它抓出来。然后，我们迎着朝阳和清爽的晨风，开始早餐。

我和阿尔班一块儿度过这一天。在事情办妥之前，他要孤单单地在这儿待很长时间。

下午雾一消散，我们就开始纵览这个地区和那条作孽的迪朗斯河。迪朗斯河正吞噬着沿岸的土地，站在山坡上听得见它的牙齿啃泥土的声音。

杜洛瓦尔坐落在那里。我们还望见谷底的马里格拉特，崭新的红瓦，富丽的装饰，恰如一位去赶集的阔小姐。

马里格拉特那里再也见不到扬尘。短工们都走了，只有阿尔班和我两个人还留在这块土地上，而我们正在窥视着杜洛瓦尔和它的掌上明珠。

“我是这样想的，”阿尔班说，“我们应该弄清楚她关在什么地方，生活怎样，身体怎样，是不是缺少什么。”

我记起了那个蓝色杯子，便说：

“她什么也不缺，这可以肯定。”

“那么，如果可能的话，应该与她谈谈。”

阿尔班说完又补充道：

“我下了决心不再待在柳荫底下，那样会给所有人造成不幸。”

天黑时，我对阿尔班说：

“你就像在佩路易斯那样吹奏口琴吧。”

“不。”他说，那神态显然觉得没有必要。

我们吃了小香肠。

夜里阿尔班醒过一次，问我：

“你睡着了吗？”

我回答说没有。我睡不着。

我之所以睡不着，是因为我在考虑如何把安日尔弄出来交给他。

他接着又说：

“应该告诉她，我早在路易之前就……告诉她那次我待在柳荫下。这是事实啊。”

早晨，天一亮，我就离开了阿尔班。

“啊，瞧！我们这位回来了，”菲洛梅娜大嫂说，“来，伙计，来喝咖啡和一杯烧酒，给你接风呀。”

这女人就是这样一副热心肠。

但正当我呷着烧酒、感到脊背开始发热时，克拉留斯进来了。

我一眼就看出事情不妙。

“先生喝完了吗？”克拉留斯连看也不看我一眼，这样问道。

我很尴尬。我这个人受不了这种粗暴的对待。用这种态度对待我，一次可以，绝不能第二次。否则，要么我会赏他一拳，要么……无论如何我会卷起铺盖，再见吧！正因为这样，我忍受不了。不过在这里……

我没答话，放下酒杯。

克拉留斯向我转过脸来：

“先生喝完了，是吗？可不要客气啊。如果他还需要出去逛逛，我可以把马借给他，给他零花钱，嗯？”

“东家，您这些话是冲我说的吗？”

“不，是冲教皇说的。怎么，你以为还能这样继续下去吗？我付给你工钱，并不是让你游手好闲的。另外，你有什么要求，应该向我提，听到了吗？应该向我提出。主人，这里只有一个，就是我！有什么要求不能向女人提。”

菲洛梅娜大嫂目瞪口呆。她裹在披肩里，显得那么矮小，手里拿着一个盘子，盘子抖动着。我说：

“别发火，东家。我以为……”

克拉留斯托着吊在三角巾里的手臂，在厨房里走来走去。

他逼近我：

“你以为……以为什么？说啊，你以为什么，有人对你说过什么，你是怎样以为的？你以为这里是女人做主吗？哼！你是这样以为的，是吗？好啊，天杀的，老子要叫你看看，这里的主人不是女人，而是我，我！克拉留斯·巴尔巴鲁，不是其他人！老子想怎样就得怎样，就得怎样！你听见了吗？……”

我肺都要气炸了。

我走出厨房。当我带上身后的门时，听见菲洛梅娜大嫂细小的声音颤抖而执拗地说：

“克拉留斯，我都不认识你了。你越来越厉害了。你丧失了理智，一点也不通情理啦，克拉留斯！”

克拉留斯这个人，你看吧，仿佛他身上什么地方长了疥癣，折磨着他，而他自己又搔不着。我去佩路易斯期间，大概别人都没少挨他训斥。

萨图南也不例外。

这可怜的老头儿像喝醉了酒似的，踏着松软的泥土在犁旁边走着。他满肚子窝囊气，尽管如此，还是牵着骡子。

我们耕的这块地的形状曲曲弯弯，像把镰刀，前面尖尖的地头遮蔽在柳丛里。到了地头，我停住犁，对萨图南说：

“歇会儿吧，老头儿。”

骡子周身蒸腾着汗气。

沿着迪朗斯河吹来一股阿尔卑斯山的风，凛冽得有如刀割。

萨图南脱下外衣，盖在骡子身上。啊，这一点立刻得到了我的赞赏。

“万一它着了凉……”他说，似乎对自己的举动有点不好意思。

我没有吭气，过了一会儿才说：

“你呢，万一你着了凉呢？”

“我嘛，”他说，“我站在寒风里，是自愿的，心甘情愿的。但牲口不懂人事，又没有手能对付灾祸。我们不保护它，谁保护它呢？”

过了一会儿，他浑身打了个寒战，大概为了叫我同意他的话吧，又补充一句：

“人嘛，就是这么贱！”

这件事使我约略明白了：在杜洛瓦尔，为什么唯独萨图南能笑得出来。他的笑声不带有任何欢乐，而像枯死的树枝发出的声音。

六天之中，为了寻找隐藏安日尔的地方，我进行了一次地地道道的“侦察”。

阿尔班和我商定，先找到牢房——可以这么称呼吧——在什么地方。一旦找到了，就好言安慰安日尔，告诉她有一位小伙子爱着她。谈何容易！这样的计划只有阿尔班想得出来，虽然他神魂颠倒。我琢磨不出更好的办法，只好一天又一天，沿着杜洛瓦尔的每一堵墙壁，毫无结果地窥视和偷听，而心里面想象着——然而，这是千真万确的——安日尔囚禁在地下的某个地方，憋得透不过气来。我常常为此急得满头大汗。

这件事成了我的心病。

现在正是秋季中的美好时日，每天中午，当我在楼下厨房里吃饭，而克拉留斯比较安静时，我出神地望着一线阳光从窗帘间漏进来，辉映着锃亮的缝纫机。

我心里想：“不知道她吃的是什么……她不能欣赏这阳光捉迷藏似的在墙上跳跃……你没注意到走廊尽头那间小房子？兴许她在那里头。”

你想象得到，一吃完饭，我就偷偷摸摸地溜到楼梯上，向那个小房间走去。什么也没有！

每天早晨，菲洛梅娜大嫂给我端来可口的咖啡，我真想问她："您难道不送一点咖啡给您闺女？"因为那个蓝色瓷杯似乎没有动过。

我还常常想到那个婴儿，就是暴风雨那天晚上，躺在他妈妈手臂上那个睡得迷迷糊糊的小家伙。

每天晚饭后，萨图南总是打几个嗝，默默地待一会儿，然后窃窃地笑起来；接着又是打嗝、沉默、窃笑，就像时钟一样有规律。克拉留斯将好胳膊支在餐桌上，手捧着头，好像出神地望着露在纱布外面的青肿的手指，实际上是在体味着内心的痛苦，并且发现自己的心病越来越沉重。菲洛梅娜织着一只宽大的男人袜子，但织来织去一点进展也没有。

每当这时，我心里就想：

"这愚蠢的老两口！让闺女待在身边，在你们面前忙碌，说不定嘴里还哼着歌儿，那岂不更好吗？你这位母亲，把小外孙兜在你的围裙里，热乎乎的小身体满满地兜一围裙，又是笑，又是叫，撒你一围裙尿，岂不更好吗？而你，克拉留斯，搔那小家伙的屁股蛋，搔得他哈哈笑，你心里说：'这是我闺女的小子，是她，我闺女生的；她是个好闺女。'而忘掉这是她的私生子，岂不更好吗？愚蠢的老两口！”

萨图南打够了嗝又想笑，实在控制不住了，就干脆跑到外边去笑个痛快。男主人点燃蜡烛，连晚安也不说一声，就上楼睡觉去了。我单独和女主人一起待着是不合适的，所以总是跟着克拉留斯上楼。菲洛梅娜大嫂留在宽大的厨房里，继续织一会儿袜子，孤零零的，只有织袜针的声音伴随着她。不一会儿，我听见木头梯子上响起她的脚步声，老两口卧室的门吱呀一响，随后关上了。

于是，整个住宅安静下来了，似乎在黑暗里舒展着身子，房架的各个接合处咔嚓作响。过一会儿，不知从哪个角落里，隐隐约约透出那婴儿猫叫般的声音。

我对你说过，这件事成了我的心病，使我大伤脑筋。

就这样，我一连找了五天，天天蹑手蹑脚，从谷仓到地窖，把所有的门都打开过，把所有的房间都搜寻遍了。

有时，我久久地待在黑暗的地方，一动不动地屏住呼吸，因为我似乎听到了……

什么也没有。每回，墙壁后面总是静悄悄的，潮湿的泥灰散发着淡淡的霉味。

特别是有天下午，我独自在住宅里待了一刻钟。本来，我与菲洛梅娜、男主人和萨图南都在葡萄园里，但我借口要解手，溜了回去。我在一个房间的门口足足待了一刻钟，而没敢把门推开，因为我听见房间里有婴儿吸奶的声音。

“是她！”

但我就这样闯进去，非把那姑娘吓死不可！

在这天下午剩下的时间里，我不断地重复着这句话：

“是她，终于找到她了！”

天黑后，我偷偷地推开那扇门。这是贮油室，一个坛子里浮着一只淹死的老鼠。我都气疯了。人一急躁就难免不公正，我埋怨起安日尔来，心里说：“难道她从来不给自己的孩子唱歌吗？难道她不知道，母亲们总是一边喂奶一边唱歌，既给孩子喂养料，又陶冶孩子的心灵？难道那孩子将来一辈子只知道刺耳的、粗暴的声音，永远听不到母亲的歌声？母亲的歌声就像水果一样不可缺少。我这一生虽然很不幸，但至今心里还装满这样的水果，一个个都那么新鲜，那么溜圆，充满甜汁……”

就这样过去了五天！

到了第六天，我懊丧地揣了一块黄油和一块面包，爬上“好汉皮埃尔之塔”那座山坡。我装作去砍搭葡萄架的木桩，实际是去找阿尔班。

我把刚才谈的这些情况对他讲了一遍，他不动声色，两眼凝视着杜洛瓦尔。

他向我要了点烟草，卷了一支抽着，脸上毫无表情，只有两腮一起一落地吧嗒着烟卷儿，嘴里吐着烟雾。我一心一意想找到安日尔，就对他说起我的苦恼（我的苦恼是实实在在的），他仍然不动声色地听着，似乎此事与他无关，似乎我是一墩木头，他不屑一顾。

“行了，伙计，”他终于说，“我明白了，我明白了。看来必须我去跟她谈谈。”

我目瞪口呆地望着他。

“你难道没有听见我的话吗，小伙子？”我说，“难就难在这里！我对你说了，她就像死了，被埋葬了一样，我们根本不知道她在什么地方。我对你说了，她从地面上消失了，就好像根本不曾到过这世界上似的。”

阿尔班问道：

“现在的问题是，你认为她仍在杜洛瓦尔呢，还是被她父母弄到别的地方去了？”

后一种可能性我连想都没想过，所以我说：

“不，她还在杜洛瓦尔，我拿脑袋担保。她被关在那座房子里，这从男主人的脸上和菲洛梅娜的眼神可以觉察出来。她肯定还在那里。”

“那么，”阿尔班的声音略略显得欢快了，犹如清脆的铃铛声，“那么，我对你说吧，伙计，必须由我去和她谈谈。”

他把手伸进衣兜。

“因为，哦，你还不明白，不过你马上就会明白的。”

他从衣兜里掏出两个铁家伙，在手里弄得丁零响。

“你瞧，这一个是吹着玩的。”

他把一管口琴伸到我眼前。这种铁和木头制的口琴在市场上可以买到。

“这是用来吹着玩的，是用来使心灵镇静的。我给自己吹奏时，用这一管就够了，因为我心里有数，它的声音会落在我心灵的一角上，而我的心就像患病的眼睛那样敏感。这另一管嘛，遇到严肃的事情时才吹，是用来医治别人的创伤的。”

阿尔班伸开的五指里托着一个东西。那东西有点像又短又粗的铁尺子，但仔细一瞧，上面钻有许多眼，蜂巢似的，眼的边缘闪闪发光，比银子还要亮铮铮。

“……这是用来医治大地上的男人、女人和姑娘们的创伤的。

“用来医治所有属于大地的人，他们的血液里含有青草的养分，他们有着草原和果园般宽阔的胸膛，橡树枝一般粗壮的胳膊，树皮一般粗糙、时时受风儿爱抚的皮肤。

“伙计，谁吸吮过大地的乳汁，哪怕只吸吮过一滴，哪怕只用嘴唇尝了尝，立刻又吐掉了，我向你保证，我都愿意而且能够把他医治好。”

我打量着那一溜蜂巢似的眼孔。

“这是什么东西做的？”

“是古代的铁铸的。这个发亮的地方，你看，就是这些眼孔上面的硬邦邦的铁，硬是被嘴唇的皮磨损了！

“这地方被磨损了，因为吹奏的人不仅用嘴，而且用心在上面摩擦，而他的心比这古老的铁坚实得多。

“这是鲍米涅人的口琴，是我们那些用火防备恶狼的祖先的口琴，也就是我爷爷的爷爷的口琴。我开始给你看的木头和软铁制作的口琴，是现在青年人用的、市场上卖的那一种。

“那种木头和软铁制作的口琴……

“唉，你如果拿它到市场上去演奏，人家会对你说：‘烦死人了，你到底有完没完？’

“甚至，你瞧吧：第二天，摊贩们都跑光了，只剩下拆包的麦秸和扔掉的西红柿。这些西红柿遍地皆是，都烂掉了。

“这时酒喝光了，而喝下肚的酒，你知道，又苦又涩。

“于是，忧愁涌上心头，你知道，忧愁也是苦涩的。

“于是，一切苦涩的东西都在等你，拦在你的路上。

“这种口琴，等于在木头假腿上贴膏药——装样子。

“那么，伙计，当另一种口琴，这古老的、在苦难中诞生的口琴吹响了，全部忧愁皆一扫而光！”

阿尔班抒发着自己的陶醉之情，他确实像一个醉汉。

阿尔班高声喊出了这些话。在这薄暮笼罩的山丘上，除了我们俩之外，幸好没有别人。

我注视着那管古老的口琴。

它沉甸甸、硬邦邦的，躺在阿尔班手掌上。

那块钻有眼孔的古老的铁躺在阿尔班手掌上，我不知道注视了它多长时间，我不知道；我也不知道究竟是刚才听到的高声叫喊，还是这馨香的、略带寒意的夜色，这像一只母猫以粗糙的舌头舔着我们的夜色，使我忘记了一切；我不知道……

不过，我可以对你说：我清楚地看到，我们已经把安日尔弄到手了。

十

阿尔班对我说：“现在到八点钟左右天就完全黑了。”我回答说："是的，不过还有点儿月光。"

他还说过："我穿过这排柏树，然后沿着小溪走。"

沿着那条道儿，他可以到达住宅后面的草地尽头。

现在是九点钟。我倚在卧室的窗前，望着那排柏树和那片新月映照的草地。

月色朦胧，宛如尘埃弥漫空中，满天星斗仿佛在白色的沙滩上踯躅。

平常这时候，克拉留斯早该睡了，菲洛梅娜大嫂也早该睡了。是的，他们大概已睡下好一会儿了，因为我听见从他们的卧室里传来了鼾声。我吹灭蜡烛，轻轻打开窗户，两肘支在夜色笼罩的窗台上。

我没有脱衣服，只脱了鞋子，因为要去偷听主人是否熟睡，赤脚更加方便。不过，我把鞋子放在身边的椅子上，万一需要下楼去帮助阿尔班，一伸手就可以拿过来穿上。

这确实是一个美丽的夜晚，听得见迪朗斯河在哗哗流淌。

我对面的草地尽头，是他们所称的"冰库"，其实是一座贮藏塔，一座老贮藏塔，像一座圆圆的小丘，覆盖着杂草，但侧面有一扇门。刚来这里时，我曾到里面看过，那里面又清洁又干燥，地上铺着石板，一大块一大块方石板铺得平平整整；八月份，外面的空气变得清凉或冷峭时，里面还比较温暖。那座贮藏塔用来贮藏小麦，是很理想的，但不知为什么，自那之后它的门就关闭了。

我正望着贮藏塔，突然看见阿尔班来了。哦，只是影影绰绰看见他。不过，你知道，当你预先晓得有人要来，而你又在等待他，那么一点风吹草动也会引起你的注意。主人还在打呼噜。贮藏塔门前有一棵无花果树，那弯曲的树干就像一条长凳。

阿尔班大概在树干上坐下了，可能坐了很久才开始行动。他可能默默地待了好一阵，望着杜洛瓦尔这座石头建造的住宅，望着这裹在他心上人身上的长袍，这长袍和衬衫，沉重地压在那姑娘的身上，使她透不过气来。我仔细寻思，事情可能是这样的。阿尔班来到了住宅对面，坐在弯曲的无花果树干上，因枝叶遮挡，我再也没有看见他；我的思想也仿佛迷失在那枝叶丛中，因为夜色总会给人以爱抚的感觉，令人忘情。但蓦地，一支曲子劈面飞来。

哦，我绝非夸大其词，的确是劈面飞来，因为我仿佛被一颗石子击了一下。

阿尔班把这个称之为与安日尔谈谈！

诚然，从一方面讲，这可以称为谈谈。不过，他用的不是话语，而是把各种实实在在的事物，一股脑儿向你投掷过来。

起初，那飞过来的、就像从高山上拔下来的一大片茂密的森林，连同泥土、松树的根须、苔藓和树皮的芳香；接着，又像是一条长长的、白花花的山泉，沿途滴洒着，宛似彗星的尾巴。它向我飘过来，使我沉浸在深山老林的色彩、芬芳和声音里。接着，它融汇在我右边的夜色中。

那里面有某种东西，简直使你透不过气来！

是的，我听到了某种东西，你也许会说那是高山的风，或者说更像高山的声音。那是山鸡在飞翔，是牧羊人在呼唤，是牧场上高高的牧草在风中呼呼作响。

接着，似乎一切都归于寂静，只听见一条小径上一阵沙沙的脚步声。那迈得很大的、缓慢的脚步，沿着小径逦逦而上，踩得石子咚咚作响。脚步所到之处，道旁的树篱在摇曳，而一串铃铛声，迎着脚步飘荡而至。

那声音时而欢快，时而低沉，时而迸发出阵阵芳香和音响，时而激越奔放。那是狗在汪汪狂吠，门在砰砰开闭，是人群在奔跑，猪在拱土，是肥壮的鸭子挪动黄色的蹼在泥泞里行走。整个村子在黑夜里行进。我听见一个水桶碰撞着井台。一个滑轮在转动，一辆大车在辘辘行驶，一位妇女在呼唤；我看见一个脸蛋似苹果的小姑娘，一位两手叉腰的妇女，一位金黄头发的男人，一掠而过，消失了。

这一切何等纯洁！

在这里，我必须停下来，对你谈谈实质性的东西，因为正是纯洁赋予了整个曲子以力量，这曲子里融汇了那么多纯洁的东西！

那使你惊叹不已，使你情不自禁手舞足蹈，使你气喘吁吁的，正是纯洁啊！

那是纯洁而冷冽的山泉，你的喉咙不断想喝，而喝下后浑身颤抖不止；你置身在鲜花之中，而鲜花充溢于你的心房，你犹如一只吸足了花汁的蜜蜂，在花蕊里打滚。

而最动人的是，这一切是用我们的语言和方式表达出来的。

我曾经听过不少音乐，你知道，我并不吹牛。有一次，我甚至听过一个电车乐团演奏的音乐，它为庆祝节日到佩路易斯举行了一场音乐会。我花三十苏买了一张座票。嗯，不错，花三十苏，我还得到一杯咖啡。离我不远的地方，坐着公证人的妻子和法院书记官的侄女。她们赞不绝口：“啊，美极了！”“啊亲爱的，这支单簧管幻想曲多美！”而我呢，一直倾听着悬铃木上一个轻微而奇怪的声音。我觉得那声音很悦耳，原来是一片枯叶在风中摇曳。

大鼓一个劲儿地敲着，而我放弃了自己的座位和咖啡，走了出来，去更好地倾听那片树叶的絮语。

这是因为我没有文化。有什么办法呢？这片树叶比那些围绕着一支单簧管在翻筋斗的人，更能引起我的兴趣。

事情就是这样。

哎，阿尔班吹奏的曲子，和那悬铃木叶子的歌声一样，使你销魂。

为了使你理解，在这黑夜里我眼前怎么呈现出那些栩栩如生的形象，你知道我还能对你说些什么吗？好吧，下面我就来谈谈。我不知道你是否有过这种体验，而我呢，好多次都产生过类似的感觉：就好像有人提着一篮子蘑菇走进我的房里。

我只闻到一股清香。蓦地，那清香冲倒了四壁，我置身在一片枝叶滴沥着雨水的森林里，耳边雨声淅沥，眼前树影婆娑。我把手一伸，准没错儿，摸到的是一棵橡树的树干。是的，就是这样的情景。

阿尔班这小伙子掌握了这种奥秘！

我光着脚走出卧室，到走廊里去偷听。克拉留斯的鼾声停止了。我急促地呼吸着，生怕主人端着蜡烛走出来。正在这时，音乐停止了。

好长一段时间，四下里静悄悄的，什么声音也没有。

渐渐地，在夜色朦胧的空间，在刚才阿尔班那充满魅力和光彩的音乐缭绕的空间，矗立起一个黑魆魆的庞然大物：杜洛瓦尔。它重新归拢了它的墙壁，重新黏合它巨大的、四分五裂的躯壳——牢房似的墙壁。当我回到卧室的窗口时，它又整个儿兀立在那里，是那样坚固、一动不动地兀立在茫茫夜色里。

杜洛瓦尔还是杜洛瓦尔。

阿尔班没坐在无花果树弯曲的树干上了。

第二天早上喝咖啡时，菲洛梅娜大嫂向我转过身子，问道：

“昨天夜里是你在吹曲子？”

她这个问题要是换一种提法，我真不知道怎么回答好，但她这问题告诉了我如何回答。

“是的。”我答道。

“用什么东西吹奏的？”

“口琴！”

“真没想到。口琴能发出那种声音？”

“当然。”

“能发出那种咆哮的声音、哭泣的声音？还有那种像无辜者呻吟的声音，像教堂里合唱的声音？”

“当然。”

“那肯定很难吹吧！”

我愣住了。说实话，我不爱吹牛，但现在没有别的办法，必须把谈话继续下去。

“啊，不难，”我说，“只要吹就行了，再说，嗯……就那么回事。”

菲洛梅娜打量了我一会儿，她的嘴唇动了两三下，想说话没说出来。但从她的神色看，那不一定是她的真实想法。

“这是因为你的心肯定又善良又纯洁。”

我对你再说一遍：这不一定是她的真实想法。这句话就那么到了她嘴边，而她心里还在想别的事情，这看得出来。

中午，克拉留斯把餐盘一推，唱开了独角戏。我紧闭着嘴，没有必要去刺激他。

“昨天夜里好像是你在吹奏曲子？”

“……”

“就差这个了！”

“……”

“吹一次还可以。不过，你要是白天卖力气干活儿，睡觉的时候就不会想到来打扰我们。

“这里不是低级舞厅，你听见了吗？”

“……”

“再说，你吹的曲子令人心里难受。”

听到克拉留斯第一句话，萨图南就停住了手中的汤匙。我则装作若无其事的样子。直到克拉留斯开始吃饭，萨图南才跟着又吃起来。我发现他笑得不如往日多，只用餐巾掩着嘴笑过两三声。走出厨房后，他叫住我：

“喂，你去哪儿，艺术家？”

“你知道得很清楚。”

我只略停了片刻，他走近我，往周围扫一眼，看到没有旁人才问：

“你吹得那样好，是从哪儿学来的？”

该死的小伙子！

好一个……好一个……我差点儿说出：“好一个婊子养的！”但就我的性格而言，我想说的似乎是一句赞扬的话。阿尔班就这样成功地打动了杜洛瓦尔全家人。

是的，不仅我在窗口窥视他，还有关在房间里睡熟了的其他几个人，那音乐准确地传进了他们的耳朵，将他们从睡梦中唤醒，使他们陷入了千头万绪的回忆之中。

杜洛瓦尔责怪这个行动。

这既是好兆头，又是坏兆头，究竟是好是坏还得等着瞧。

现在还看不出事态会如何发展。阿尔班的音乐打动了他们，这是肯定无疑的，但仅此而已。

自这之后，那三个人似乎统统被人割掉了舌头。

杜洛瓦尔仍像往常一样生活着，母鸡依旧咯咯地叫，但人全部变得无声无息。

他们来来去去，一声不吭。他们身边有一位说话的伙伴，但这位伙伴也仅是为他们着想，才勉强说几句话，而且有话也是个别与他们说。

女主人喂鸽子时，不再唤“乖乖，乖乖”，只是心不在焉地给它们扔麦粒儿，而且站得远远的。

阿尔班还会再来吗?

到了晚上九点钟，我无意地光着脚站在窗前。

这天晚上，外面下着讨厌的毛毛雨，天黑得伸手不见五指，树叶发出绸裙般的窸窣声。

正因为这样，我没有看见阿尔班来，也没有注意到他开始吹奏的确切时间。但突然之间，那乐声从雨中跳荡出来，我才知道阿尔班已经到了。

对你描述那音乐，实在太困难了，我没有那分能耐。它所表示的各种事物，我一想起来就像变成了一个结巴，不禁自己推自己一把说道：“哎，要是你描述不了，那就吹口哨模仿一下吧。”也许真的应该吹口哨模仿，并且伴随它舞蹈，因为只有伴随它舞蹈，才能模仿出那年轻母亲的情态：那摇晃婴儿的动作，那滴着奶水的乳房，那美丽、丰腴的女性的手臂，那噘起的小嘴，那美不胜收的一切，一切！

第二天，菲洛梅娜大嫂径直向我走过来，在我面前站住，把一只枯瘦的手搭在我肩上。她仰着头问我（因为我比她高）：

“你难道是巫师吗，伙计？”

她目不转睛地盯住我，肯定看出了我迷惑不解。

“啊！我疯了。”她紧贴着我低声说。她的话热乎乎地落在我脸上。“我疯了！昨天夜里我听见了你吹的曲子，你吹出了我心里想说而不敢说的事情！这些事情融汇在你的曲子里，在空中飘荡。它们是从你心里迸发出来的，但也像是从我心里迸发出来的。我心里想：‘这两只专门管听觉的耳朵，终于听见了！’

“我躺在床上，就像要生孩子似的，拼命地咬住床单，以免哼出声来。我希望我男人也听到了，希望他知道，希望他明白……他躺在我旁边，就像一块石头。

“过了一阵，他突然深深地叹了口气，这才活转来。原来，你的曲子也钻进了他心里，他全听到了！

“他明白了，这么长时间以来，是什么东西使我们痛苦不堪，明白了这痛苦正拖着我们步步走向死亡。

“我感到宽慰！”

我记不得是怎样回答菲洛梅娜的，很可能是支支吾吾、语无伦次，因为这回自己竟成了鲍米涅力量的象征，真有点诚惶诚恐。

正因为这缘故，事后，在耙一块预备下种的地时，连续耙了十圈我都没吭一声，只顾闷头想心事。萨图南跟在我身边。突然，我发现在这段时间里，他再也不像母鸡那样咯咯地笑了。

“你怎么不笑啦？”我问道。

“再也没有心思笑啦！”他回答。

这是上午的事情。

回去吃午饭时，我远远地就听见克拉留斯在骂骂咧咧。一瞥见我，他立刻奔过来，一把抓住我。这时，我看见了一个发疯的人是什么样子。

他吼道：

“你竖起耳朵听着：只要老子还在，只要老子还活着，你敢再吹你那下流曲子，老子就起床一枪崩了你！听见吗？！”

他松开我，向后退去，而眼睛一直盯住我。

“听见了吗？我要是不说到做到，我就立刻去死！

“好吧，你吃饭去吧！”

到阿尔班该来的时候，我又站在窗口，但这回我已整装待发，穿好了鞋子，背上了挎包。我还量好了窗台的高低，知道可以从那里跳下去。我等待着。

漆黑的夜色那样浓，仿佛可以用刀子切开，但没有下雨。我的眼睛习惯了黑暗，所以分辨得出那棵无花果树白色的树干。我死死盯住那树干，因为那是阿尔班可能出现的唯一地方。我不时眨一下眼睛，但立刻又找到那个白点，因此我知道没有人坐在那上面。

高空的风正向非洲方向刮去。地面异常静谧，只听见一种细微的声音，宛如蜜蜂嗡嗡的叫声。

我盯住白色的树干，同时询问自己：“这是什么声音？到底是什么声音？”

有一两次，那声音仿佛变成了一支小调。突然，一股风从高空刮下来，把这段小调一股脑儿送进了我的耳朵。可以肯定，这是《方发奈特》小调，是母亲们哼着给婴儿催眠的摇篮曲《方发奈特》。

不错，一个女人在哼着这支摇篮曲。请相信我吧，在夜深人静时，听到这淙淙流水般迷人的曲子，实在意味深长。

这说明杜洛瓦尔被触中了要害。

我寻找那白点，白点突然不见了。曲子中断了。

于是，我悄悄地贴近窗台，正了正挎包，一把抓住窗框上的横杠，静候阿尔班开始吹口琴曲子。我不想挨枪子儿，准备迅速逃跑。

一点儿声音也没有，只有风在高空呼啸。

然而，刚才有一个人坐在无花果树的树干上，这是毫无疑问的。

有好一阵子，我听见血液在自己的手腕子里奔流。又过了一阵子，那白点重新出现了，有人在草地上走动，接着《方发奈特》小调又传入我的耳朵……

我仿佛闻到了玫瑰的芳香！

因此，这天晚上阿尔班来了，但没有吹口琴。

对我来讲，这非常幸运，但太冒险了，明天晚上可不能再这么干了。因此第二天早晨，我一起床就跑进了葡萄园，从那里匆匆跑到山丘脚下，爬上“好汉皮埃尔之塔”。

阿尔班睡得正香。

我把他推醒。他见到我时丝毫也不感到吃惊。

“哎，”他说，“你明白了吗？”

“明白什么？”

他冷静下来：

“没什么。你先说吧。”

“好吧，情况是这样的……”我把头两天晚上我所听到的音乐，以及两个白天里，当他在这里躺在枯百里香上面睡大觉时，杜洛瓦尔发生的情况，都告诉了他。我还告诉他，第三天晚上我趴在窗台上，满怀希望地时时准备对自己说：“现在该跳窗溜走了！”

“小伙子，”我接着说，“这回我真的担心不得不卷铺盖啦。”

但出乎我的意料，阿尔班却一直微笑着。对这种抱定了一个主意就不肯改变的人，有时，同一件事情你必须换个口气重复一遍：

“是的，卷起铺盖滚蛋，完啦！”

“说得对，”阿尔班说，“的确完了，就要卷铺盖了，四个人一起滚蛋。”

十一

“你说什么？”我问，“哪来的四个人？”

阿尔班并不解释，脸上却添了一层笑容，对我说：

“给我支烟吧。”

我心里琢磨着，急于想知道究竟怎么回事。

“嘿！你听着：这四个人嘛，要是你同意的话，伙计，头一个是你。荣誉属于老年人啊！第二个是我，因为我跟你就像星期一和星期天一样，总是连在一起的。

“另外两个，仁慈的上帝！就是……我们私下说吧，你要是赞成的话，就是，哎，我看你心里就像洗衣服的肥皂水在翻腾了，就是安日尔和快满十个月的庞克拉斯少爷。好啦！”

我呆若木鸡，说不出话来。

“你不是说着玩的吧……”

“不是说着玩的，老伙计。我说的是事实。”

阿尔班重新变成了雪山上那位严肃的小伙子，但眼睛里闪烁着光芒。

“伙计，我们熬到头了。你刚才说得很对，应该卷铺盖了。我们就去卷，卷好以后立刻就走，四个人一起走，就是刚才说的四个人。已经准备好了，商量定了，今天晚上就走。”

我稍微缓了缓气，但仍然不敢相信。

“就这样走？”

“就这样走。”

我再也不愿意继续这种捉迷藏式的谈话，因为对待这种事情，应当像对待弥撒一样严肃认真。我咽下羞耻，请阿尔班把事实真相告诉我，把情况从头到尾讲清楚。

阿尔班说：

“告诉你吧：事情发生在第二天夜里，当我把口琴塞进口袋，也就是当你轻轻关上护窗板的时候。

“我听见一种轻微的木头撞击的声音。我没有立刻反应过来，还以为是你关窗户的声音呢。那的确像，但我终于醒悟了：你关窗户不会关那么长时间。我仍坐在无花果树的树干上，那声音是从左边传来的，就是从贮藏塔那边，位置有我的胸部那么高。

“我往那边挪了挪，伸手一摸，是一扇门，一扇木头门。刚好在我手摸着的地方，我感到在厚厚的木头门另一边，有人在轻轻地敲着。

“我把情况说得简单一点吧。你知道，没有必要让我和你一样，把心里想的也讲出来。

“我站起来，走过去把身子贴在门上。我感觉到里面有人在用拳头擂门，我整个身子都感觉到门在颤动。

“这一下我全明白了。我将嘴对着锁孔，对着凉冰冰的铁锁孔，问道：

“‘里边是谁？谁在敲门？’

“里边的人回答：

“‘我。’

“接着那声音又说：

“‘这家的闺女，安日尔。’

“她又连说了两次：‘我关在这里，我关在这里。’

“我直起腰，深深地吸了口夜间的空气，因为我心里实在太激动了。接着我又俯到锁孔上，忙对她说：

“‘是您？啊，可找到您了！我就是为了您才来的。’

“她听到后回答说：

“‘我知道。’

“紧接着又说：

“‘我认识您。’

“最后这两句话，热乎乎地钻进了我贴在锁孔上的嘴里。热乎乎的！

“她也把嘴贴在另一面的锁孔上，话从她嘴里吐出来，还没有变凉就进到我的嘴里。

“同时，她嘴里的气味也一下子进到了我的嘴里。你看，我找到她还不到五分钟，她已经在爱抚我了！

“我流泪了。我的眼泪流得有价值！”

阿尔班停下来，清着嗓子，一面向我要烟抽。

“但是，”我说，“她最后两句话究竟是什么意思？她怎么知道你是为她而来的，又怎么认识你的呢？”

阿尔班卷好烟，点燃了，胡子底下露出了雪一般璀璨的笑容，那笑容的产生，不知道是因为烟的味儿好，还是因为我的问题触及了他的秘密。

“啊，我这就告诉你。故事讲到这里，伙计，我们都仿佛变成了幼儿园里天真烂漫的孩子。在我们生活的国土里，许多事物都像神话里传说的一样美丽。这真是奇迹啊！

“你记得那次我对你说过的那个梦吗？在那个梦里，我由于绝望，让太阳把自己的头晒昏，差点儿送了命。记得吧，我对你说过，我恍恍惚惚去会见她，伸开双臂拦住了她的去路。你回忆一下吧：路易吹响了口哨，她从我手里挣脱，拎着小包向黑暗里走去，那口哨仿佛一根绳子牵着她。还记得吗？”

“我通过锁孔，和安日尔悄声交谈，我听见她的呼吸声，她的头仿佛就靠在我的肩膀上。我问她：

“‘小姐，您知道我会来的？

“‘您知道是我？’

“她回答说：

“‘是的，我知道。我对自己说：他终于找到你了！这只能是您，不可能是别人。’

“‘为什么？’

“‘因为昨天晚上您对我倾诉的话，和两年前您对我倾诉的话完全一样。’

“听到她这句话，我感到不安，因为我从来没和她说过话，只是路易曾……但我又想起来了，昨天晚上我也没对她说过话，只是吹过口琴。

“‘那是两年前的一个夜里，您在路上拦住了我。唉，我当时听您的话就好了！’

“啊，伙计，经她这一说，我明白了。

“那场梦，那些似雾一般朦胧的往事，留在我的记忆里。上次我对你说：‘这是一场梦。’其实那是一场真实的梦，我被太阳晒昏了，像喝醉了酒似的进入了真实的梦境。

“你知道，我身体强壮而结实，同样，我的爱情热烈而又牢固。我的肉体带着我的爱情，它们一起在真实的梦境里见到了安日尔。

“我到路上去见过她，那是我的整体，不仅是我的思想。或者至少应该这么说：也许我的思想走在前面，可我的肉体好歹还是跟着去了。在夜色里，安日尔来到我面前，她的鞋子踏得干燥的路面咚咚响，她的手里拎着一个头巾包的小包。

“所发生的事情千真万确：我抓住了她的手，向她倾诉衷肠，而她在暮色里颤抖，听我倾诉。有那么一会儿，她不知道该如何对待面前这位摇摇晃晃的彪形大汉。这位大汉滔滔不绝地倾诉着，他谈到人迹罕至的高山上他那美丽的家乡，谈到他像冰一样透明、澄澈的心，谈到他那放得下摇篮的家。安日尔不知道该如何对待这位大汉，而这位大汉对她说：'我们俩将海枯石烂不变心，共同生活到我们生命的最后一息。'

"是的，在两年前那个该诅咒的夜晚，我向她倾诉了这一切；大前天晚上，我吹口琴向她倾诉的也是这些。

"听了安日尔的话，我说：

"'我一直在盼望。您呢？'

"她在门背后哭了起来，说：

"'我，现在我不能够了。'

"那天晚上我们就谈到这儿为止。

"到了第二天晚上，即第三个晚上，也就是昨天晚上，我一到那里，就将嘴对着锁孔，问：

"'小姐，您对我说过您不能够了，为什么？'

"'因为我变了，我再也不是原来那个样子了。'

"'这没有关系。'

"'啊，有关系！首先，在这里，通过锁孔，又是夜里，我敢和您说话，但如果在露天里，您会发现，我再也不敢正面看您啦！

“‘我知道您爱我。正因为这缘故，我没有脸光明正大地站到您的面前。您从前就认识我，我没有脸让您看到我现在的模样，因为我有了明显的变化，非常明显的变化。’

“‘小姐，您不要想入非非。我告诉您：我爱您。

“‘当然，我早就爱上您了，但在我眼里，您永远是那个样子，永远是我第一天晚上见到的那个样子。’

“‘不，别说了，没有必要说这些。但我清楚，我变了。既然您来了，待在门外，从昨天晚上我考虑了，我必须把一切告诉您……’”

“这姑娘，伙计，是花中的精英。这一点我早就看出来了。她随便将手腕子一抬，马和大车就在我对面停住了。从那时起，我就看出来了。

“你到佩路易斯来找我时，告诉我她生了个孩子，我曾对自己说：‘她会主动把一切告诉你的，因为她襟怀坦白。’我相信她会这样。只要看一看她驾车的动作就清楚了。

“一个人不可能对牲口那样干脆利索，对自己又另一个样子。我敢担保。

“所以安日尔要在我面前回顾她的经历。

“她对着锁孔把她的经历讲给我听。没有任何东西强迫她这样做；如果说有什么东西强迫她的话，那就是她的诚实。她心里对自己说：‘这样做是正确的，说吧。’

“你猜到了路易给安日尔找的职业吧？是的，当然就是他曾说过的那种职业。他把她卖给这个，又卖给那个。

“同时把她卖给几个人。

“安日尔告诉我的就是这些情况。她一层一层地讲述，就像刨木头那样无情。我感到木头在她的刨子底下哭泣。

“而我呢，早就原谅她了，我的心胸像牧场一样广阔。我想打断她：

“‘行了，小姐，我知道……’

“但她一个劲儿讲下去，像赶马那样。她习惯于赶快马，把缰绳提得高高的，手里挥舞着鞭子。

“终于，一切都讲完了，只剩下最难开口的那件事了。

“只剩下最难开口的那件事了，这是情有可原的。她沉默了好长时间。这很自然，她终归是女人，女人是脆弱的。

“我也一样，不敢开口。说什么呢？我等待着，一面想：‘她自己把事情弄复杂了，弄复杂了，本来很简单。’

“安日尔把缰绳一勒，重新控制住自己。她问道：

“‘您还在那儿吗？’

“‘在这儿，我在听您呼吸哩。’

“‘唉！我是最下贱的女人，我有了一个孩子。’

“‘好啊，’我说，‘我已经知道了。您还有什么要说的吗？’

“她也许没有听见我的话，贴在锁孔上继续讲着，把心里的话都倒出来。我听她讲，满心欢喜地听她讲，因为我知道自己怀着宽恕之心。安日尔就像一个准备死的人，把一切毫不隐讳地讲出来，然后把绳圈往脖子上一套，上吊自尽。

“‘我有了孩子，’她说，‘但不知道谁是他的父亲。我遭到许多人践踏，我玷污了自己的肉体。当我母亲给我送饭来时，我不敢说我想吻她。想起自己这张嘴曾被那么多人吻过，我就不能再吻自己的母亲。我是最下贱的女人，灵魂被玷污了，曾经拿自己的肉体去赚钱。’

“赶得太急必然会把马累坏。安日尔哭了起来，把孩子惊醒了。

“‘小姐，’我对她说，‘把孩子哄着睡熟吧，然后我们再商量。’

“当她回来时，轮到我说明自己的情况了。

“我说了很久，很久……

“最后，安日尔实在忍受不住了，贴着锁孔低声对我说：

“‘我也一样，啊，我也在盼望！’”

“现在嘛，情况就是这样。我想把一切都与安日尔谈妥，一切都已经谈妥了。我所希望的，你知道，是使她幸福。

“你现在回去，到大车的车厢里找一找，安日尔说那里面有把螺丝刀。天一黑，你就到贮藏塔那儿去，你用不着说话，安日尔知道。你用手在门底下抠个洞，地很松软，然后把螺丝刀塞进去。她拿到螺丝刀，就能把锁卸下来。你带好行李，在那里等待，到时候我就来。

“伙计，请你最后帮我一把，然后你就解脱了。我一个人带着安日尔母子俩上路，我身强力壮，会爬山走路，能对付得了。”

阿尔班叙述的这件事使我目瞪口呆。

你想象一下吧，这样一个难题，你突然发现彻底解决了，打了死结的绳子居然自动解开了，你不能不暗暗拍手叫好。

“小伙子，”我说，“平时在我们这帮短工中间，我们俩被公认为比较机灵，但你称得上机灵鬼共和国的大总统，桂冠属于你啊！

“不过，事情还没完，下一步你打算怎么办？”

“下一步？哈哈，下一步再清楚不过了。”

“怎么再清楚不过了？”

“嘿，我们去鲍米涅。”

“对，再往后呢？”

“再往后，我在山上有一块草地，还有一间很不像样的谷仓。开始的时候，我们可以凑合着住在谷仓里，我到附近去打短工，糊口不成问题，再往后，再往后嘛，你问得太多啦。”

“孩子呢？”

“孩子？什么，孩子？他是安日尔生的，是安日尔一个人生的，当然也是我的孩子。我把他看作自己的孩子。他将来是鲍米涅人，不会遇到不幸的。在我们那地方长大的小伙子不会太坏的，特别是心不会坏。”

我在杜洛瓦尔度过的最后一个晚上悄悄地来到了。

这使我感到难过。

到六点钟天黑的时候，大家走进厨房。菲洛梅娜大嫂在桌子上摆了四个汤盆。在这间厨房里，每次吃饭的时候，只有放置东西的声音，从来没有说话的声音。

那天晚上也一样，先是四个汤盆放在桌子上的声音，接着是克拉留斯、萨图南和我三个人把椅子搬到桌子旁边的声音，而后有好一阵子，只有高挂在墙上的钟嘀嗒作响，最后是女主人把椅子挪过来的声音。

唉！

后来只听见汤匙碰得瓷盆叮当叮当作响，萨图南大胡子里面的嘴在咕噜咕噜地喝汤。此外，还有小猫在一旁戏弄纸片的声音，劈柴在炉膛里的呻吟声，旧揉面槽突然发出的清脆的爆裂声。这声爆裂吓得小猫把爪子停在空中，不敢再去抓纸片。

大家喝完了汤。

没有人说一句话。

女主人菲洛梅娜将椅子往后推一推，站起身。她的拖鞋几乎没发出什么声音。壁橱的小门砰地响了一声，菲洛梅娜拿来了黄油、奶酪和面包。

餐盘的声音。

沉默。

克拉留斯每切一次奶酪，刀子就碰得餐盘叮当响，因为他左手不灵便。萨图南有三天没有笑了。

沉默。

挂钟在嘀嗒，小猫在玩耍。现在小猫玩的是一团线。我切下一块奶酪，小心翼翼地，然而刀尖还是碰得盘子底发出一声叮当。

没有人说一句话！

女主人菲洛梅娜叹口气，克拉留斯看了她一眼。我知道他看了她一眼；我没有抬头，但知道他看了她一眼。

沉默。

一条潮湿的葡萄藤在火中嘶嘶作响。唉！

在杜洛瓦尔，每顿饭都如此！每顿晚餐都如此！我从来没有像今天晚上这样感到需要说话，需要听到别人说话。

大家吃完了，我掏出烟袋，卷了一支烟准备到外面去抽。我的裤兜里，一把硬邦邦、凉冰冰的螺丝刀贴着大腿。

我说："三位晚安。"

仅仅为了说这几个字，我不得不清了清嗓子，因为这几个字梗在嗓子眼里吐不出来。不论是克拉留斯、萨图南，还是女主人菲洛梅娜——她正把碗盘端到洗碗池里，也许没有听见——都没有回答。

我又说一句：

"晚安。"

没有人回答。

我跨出了门槛。

我将螺丝刀塞到门底下，感觉到另一边有人很快把它拉了进去。我的行李卷撂在草地上，现在我只需等待了。

主人卧室的窗子上亮着灯光。克拉留斯正上床睡觉。一会儿，灯光熄灭了。

空中降下浓重的夜露。

我走到行李卷旁边，摸摸里面的烟草是否打湿了。一阵轻微的风，刮得无花果树的阔叶沙沙乱响。

过了一会儿，主人卧室的灯又亮了，是女主人上床睡觉了。不久灯又灭了。

现在只需等待。

我听见螺丝刀在轻轻地撬锁。

我听见阿尔班从远处穿过草地来了，但当他把手放在我肩头时，我还是吓了一跳。

“是我，伙计。”

阿尔班立刻走到门前。我往旁边挪了几步。情人嘛，不喜欢第三者掺杂在他们中间，这倒不是开玩笑。

啊！多么美丽的夜晚！

我心里想，外面的夜色这么美好，然而一个基督的信女却几乎被幽禁在地底下，这到底算不算是罪孽，算不算是罪孽……

空气似浓汤——带着树木气味的浓汤——一样甘美，被夜露打湿的树叶和茂盛的青草，散发出阵阵芳香。头顶的夜空宛如一顶熠熠闪光的风帽。好稠密的一天星斗！

迪朗斯河在两岸的白杨树下低声吟唱。奥莱松那边可能有人在烧枯葡萄藤，不时升腾起一股长长的红色火苗，那烟宛如马鬃在夜空中飘荡。

阿尔班低声叫我：

“喂，伙计，过来看看。”

我走过去。

这就是安日尔！

她直挺挺地站在敞开的门洞里。

贮藏塔里亮着她留下的蜡烛。

安日尔背着烛光，裹着一条宽大的披肩，遮住头和胸部，两臂交叉着将披肩压住。只看见她的鼻尖，别的什么也看不见。但仅仅她的鼻尖和倩影，就已经比这夜色要美丽得多。

你劫持过姑娘吗？没有？哎，在这种时刻，彼此的介绍总是很仓促的。

再说，阿尔班可能已经对安日尔谈起过我。她知道我是谁。

阿尔班预备了一个柳条筐，里面垫着半筐干草。这是为庞克拉斯少爷准备的。

“您和我两个人轮流背他，小姐，就像背一筐苹果似的。

他在我们背上摇来晃去，会比任何时候都睡得更香甜。”

这话很动听。不过，如果以为什么事情只要设想好了就会实现，世界也就不成为世界了。庞克拉斯少爷躺在柳条筐里，不错，与其说他是在摇来晃去中，还不如说是在仓皇出逃的颠簸之中离开杜洛瓦尔的。

不知道是因为我们兴奋之中说话的声音太高——在这种情况下是难免的——还是因为我们的耳语虽然很有节制，但还是太尖，或者因为……总之，不知道什么原因，当我们经过住宅的拐角时，我蓦地觉得脊背上一阵发凉，那感觉，就好像有人在背后死死地盯着你一样。

我想到克拉留斯，赶忙把行李卷一扔。我在黑暗里伸出手，摸到的是一个人和冰冷的钢铁。

这当然是端着枪的克拉留斯。

“啊，坏蛋！”

我的双臂已经像铁钳似的将他拦腰抱住。

我听见另外两个人在草地上奔跑。

我想夺过克拉留斯的枪，但又不敢像对待健康人那样与他争夺，不想碰那只受伤的胳膊。而他呢，我知道，是想把枪挣脱出来崩了我。

我绝非夸张：这是一场无声的搏斗。

我用拳头猛击他的两肋，用头顶住他的下颏，同时猛踩他的脚。总之，当生命受到威胁时，什么招儿都使得出来！

奇怪的是，那时候仿佛是大白天，我清楚地看见阿尔班和他的情侣在鲜花盛开的草地上奔跑，一面摇晃着柳条筐里的婴儿。我对自己说：“再坚持一会儿，等他们过了小溪才松手……”

突然，我感到克拉留斯瘫了，我手里抱着的似乎不是一个愤怒的男子汉，而是一捆灯芯草。枪啪的一声掉在石头上。我想：“总算把这玩意儿扔下了。”立刻，我发觉他已无力搏斗，便把他轻轻放在地上。

可能我无意中碰了他受伤的胳膊。

我打亮打火机。

克拉留斯像钉在十字架上那样，直挺挺地躺在地上。他一动不动，但两眼睁着，那目光，我即使活到麦图撒冷[①]那么大岁数，也不会忘记。他那被胡子遮盖的脸，苍白得像个死人。我手里拿着火，仔细一看：他已经钉在十字架上了！

克拉留斯已竭尽所能向邪恶作斗争（按照他自己的看法），

---

① 《圣经》中挪亚的祖父，活了九百六十九岁。

现在完蛋了（当然还是按照他自己的看法）。

他的目光一刻也不离开我，张开嘴对我说：

“你杀死我吧。”

咳！他以为我会干这种事！对一个躺在地上的人下毒手，我是那种人吗？

你看，真是不知好歹！

我小心翼翼地跨过他的身子，拿起我的行李卷。我打算从草地那边走，临走前回过头教训他一句：

“克拉留斯，你要我说说你是怎样一个人吗？哼，你是一个讨人厌的家伙！”

十二

我要是阿尔班，出了草地后，就会离开迪朗斯河危险的岸边，沿着他曾捞过虾的那条小溪，走到大路上去。那里有棵大橡树，不太高，但粗得像个烧炭工，我会站在树荫下等待自己的伙伴。果然，阿尔班背着婴儿，和安日尔一起在那里等我。

“你估计得很准确，伙计。”阿尔班对我说。

为了不吓坏阿尔班夫人，我轻描淡写地介绍了我与克拉留斯的搏斗。结果还好。

再说，此刻他们俩也顾不了那么多，因为他们在一块了。

这对年轻人，我要是不成全他们，简直是罪过。现在他们终于结合了，他们的感情犹如一炉被封了很久的火，一旦启封便熊熊燃烧起来，向天空吐着长长的火苗。

这已经不是恋情，而是狂热。

不过请你听清楚：我并不是说，他们像在村子里的舞会上那样，相互疯狂地接吻，令人肉麻地说“我的宝贝”。不，他们平静而端庄，恰似晴朗的早晨一样，仿佛灿烂的朝阳从山后射过来都听得见。请你注意，我甚至看不见他们，但我感觉出他们的呼吸吹动他们周围的空气。

无论如何，我们还是尽快避开杜洛瓦尔为妙。我们上路了，根本用不着辨别方向，就沿着阿斯峡谷走，这是通向大山的路。

阿尔班背着柳条筐里睡得正香的庞克拉斯。安日尔与他并肩走着，她终于与阿尔班结合了，而且享受着冲破牢笼的幸福，再也不会走三步就碰到墙壁了。

我给他们殿后，为他们扛着东西。

夜间走路比白天更劳累。

白天，眼睛可以观赏景物，目光像一条欢蹦乱跳的狗，一会儿跑到前面，一会儿跑到道路两边，给你带来赏心悦目的东西，譬如一个苹果或一片开花的果园。这可以分散你的注意力。

夜里呢，倘若你因不幸而忧虑，这忧虑就会跳到你身上，稳稳地坐在你肩头上，一路上你都得和其他东西一块扛着它，那真够两条腿受的。

我所忧虑的是杜洛瓦尔。

我眼前时时浮现出被我的打火机照亮的克拉留斯，直挺挺地躺在杂草上——我想说钉在十字架上；我耳边时时响着他的声音："你杀死我吧。"从他的情况看，他肯定活不成了。

一步，两步，一百步……漆黑的夜。我们踏着石子走着。路旁的灌木丛里再也看不见野花。

我预料到阿尔班和安日尔肯定会在大橡树下等我，因为那是唯一合适的路。我也完全预料到克拉留斯会采取什么行动。哦，他不会在谷仓里那根高高的横梁上钉一颗钉子，再套一根绳子悬梁自尽，尽管农村里上吊的例子不少。他也不会拿猎枪对着自己的嘴巴，用脚趾踩动扳机。他会从楼上的窗口跳到院子里的石板上吗？也不会的。我似乎钻进了他的肚子里，窥透了他会采取什么行动。

他已经与死神——水死神订了约会。

今天晚上，他女儿第二次与那个男人（他不知道这次是阿尔班）私奔了，他听见死神——他的好朋友，附在他耳边说：

“明天。”明天，他将赴约，投进迪朗斯河里。

明天！

现在大概十一点钟了，明天已经不远了。

夜空里弥漫着潮湿的树叶和腐烂的木头气味。前面那一对儿在相互说着温柔的话儿，道路变陡了他们也没有发觉。只有我在乱石里深一步浅一步踉跄。上帝啊！

是的，明天，等会儿天亮以后，克拉留斯肯定会赴约。

你想吧，成天受痛苦熬煎，心情就像一颗蛀牙一天天变坏，而在两步远的地方就摆着药，唯一可以根治的药（按照那傻瓜自己的想法），谁能经得住这种诱惑呢？

在这种情况下与死神幽会，总要寻找安静的角落，避开他人的耳目，以便尽情地拥抱，而绝不会哼着小调、跳着舞去的。不，轻生的人所希望的首先是安静，远远离开碍手碍脚的人，把死神搂在怀里，万无一失地接受它那根治痛苦的、亲切的爱抚。这种脑瓜不开窍的蠢人，可真不幸啊！

然而，眼前的事情注定已经不可挽回。要是克拉留斯冷静地想一想，他就会发现，这不幸本是他自己一手造成的。女儿可能是沿着大路，抱着婴儿从马赛回来的，一推开门就叫了一声：“妈妈，是我。”如果克拉留斯有一丁点儿理智，从那天起，就让女儿与家人重新像往昔一样生活，那就万事大吉了！

唉，你看，我这个人对人对事都恋恋不舍，对事情更是念念不忘。杜洛瓦尔这个家已经和我休戚相关。哦，我知道，我与和自己同样出身的所有人一样，浪迹萍踪，今天在这里，明天在那里。但是以后呢？你以为，我们总满足于到处流浪，甚至心甘情愿地到处流浪吗？

不过，现在问题不在这里。杜洛瓦尔这一家子：菲洛梅娜大嫂（这个女人，当明天红艳艳的朝阳在笔直的大道上升起时，她会变成什么样子呢？）、蜷缩在像老猪窝似的床上的萨图南，甚至克拉留斯，他们都在我心里占据了位置。

啊，克拉留斯去投河时，我宁可付出十法郎留在那里监视他。我会让他去投河，嗯，是的，让他喝一大口水，然后跳下水去救他。我说到做到！在水里，我会以救他当借口，狠狠地抽他的嘴巴，一直抽到自己满足为止。然后，我会对他说："啊，我打得太重了点儿，因为您抱住了我的腿。"而我心里会感到狂喜。

十法郎……我向你保证！

每当我们经过村舍旁边时，狗就汪汪地叫。我注意到狗是在我们左边叫。这说明我们已经过了迪朗斯河紧挨着高原的地方，现在这一边也伸展着麦田了。这里离杜洛瓦尔已相当远。

我叫道：

“喂，那对情人！”

前面两个人哈哈笑起来。

他们甚至没有发现我们已经走了好长时间。

“我们歇一歇怎么样？从这清凉的空气判断，现在大概是清晨三四点钟了吧？”

我们在地上垫了一层干燥、软和的百里香，一坐下就困乏得不想起来了。

婴儿的哼唧声把我惊醒，我蒙蒙眬眬地想：“这回你要找到藏娇的‘金屋’了。”我以为自己还在杜洛瓦尔寻找安日尔哩。眼睛一睁开，我发现安日尔坐在我前面，我就要头一次看清她了。

你大概还记得吧？实际上，这姑娘我还从来没看见过。暴风雨那天夜里，我从门缝里瞥见灯光下她的侧影，昨天晚上，我看见她裹着披肩出现在贮藏塔门口，那都不能算真的看见。

天还没有完全亮，等一会儿我就会看见安日尔了。

现在是黎明。天空像刷上了一层石灰，山谷里还有一片片暗影，迪朗斯河对岸的维尔诺夫村里还闪烁着灯光。

现在是黎明。一只云雀扑棱一下乘风飞到空中，发出刺耳的叫声。过了一会儿，尽管太阳还在意大利那边没有升起来，但天已经亮了，于是我看清了安日尔。

她俯在柳条筐上，把庞克拉斯抱起来。我看见她把婴儿放在温暖、柔软的双膝上，把一个膝盖略略抬高一点，给那个小脑袋当枕头。她掀开披肩，解开衬衣，露出一个丰满鲜嫩的乳房，把乳头塞进又哭又叫的小嘴里。哭叫声立刻停止了。这时，安日尔抬起头，她的眼睛里和嘴唇旁，舒展着宁静的微笑。

孩子拼命地吮着奶头，奶水流了他一脸，一直流进眼睛里，使他两眼不停地眨着。

那么美好！这才是实实在在的生活。这正是安日尔所追求的，尽管经历了曲折。多么美好啊！

安日尔！

现在她完全摆脱了黑暗，我完全看清她了。我看清她了，透过她的过去和未来看清她了。这样一个女人，与大地是不可分割的，正如一棵树，一座山冈，一条河流，一座高山，都是整个大地的一部分，将与日月共存。

假如人们和我一样，知道一位这样漂亮的姑娘，居然曾经被幽禁在地窖里，他们肯定会斥责这是犯罪。

啊！我向你发誓，真令人百看不厌呀，这位鲜花般美丽的姑娘，她那可爱的、充满母性的乳房和怀里贪婪地吸奶的婴儿。

婴儿伸出了小手，抚摩着母亲柔软的乳房，用火柴杆似的手指在上面乱敲。

那丰满的乳房袒露在清晨有点凛冽的空气里，阿尔班注视了一会儿，问道：

“您不冷吗，小姐？”

安日尔俨然是一位母亲，一位毫不羞涩地爱着自己男人和孩子的母亲。

她完全沉浸在爱情里，心不在焉地说：

“你把孩子的长围巾递给我。”

紧接着她又说：

“啊，我称呼‘你’啦！”

而阿尔班呢，他拿起围巾，递给她：

“给你，亲爱的！”

是的，生活展现在他们面前。在这方面我并不担心。生活展现在他们面前，因为他们相亲相爱，尤其因为他们自由相爱，你也许会说“像动物那样”相爱。那么，还有呢？

这一点我已深思熟虑：鲍米涅是这样一个地方，人们曾经把一些人从社会上驱逐到那里。他们被驱逐到那里，重新沦为野人，变得像野兽一般纯朴。

他们头脑不复杂，为人单纯、正直。我按照我所了解的向你如实介绍，一点也没有掺假。

他们都像孩子似的，高高地挥舞着双手，奔向生活。

阿尔班想得到他所爱的姑娘，他得到了她。过去的事情已经过去。换一个人也许会把它当成包袱背一辈子，而阿尔班却在清新的黎明时分，凝视着那个乳房和婴儿脸上流淌的奶水。

过去的事情已经过去。

安日尔刚才已经亲昵地以“你”称呼他，他的心里就像装了整个晨空和满天的晨星。

你也许会对我说：他们像动物那样相爱。那么我也对你重复一遍：是的。但是还有呢？

克拉留斯尽管很聪明，尽管算得上一条汉子，却没有得到这种幸福。相反，他为了这件事，等会儿要投进迪朗斯河了。

婴儿吸完了奶。他吸足了甜蜜的奶汁，就香甜地睡着了，已经张开小嘴在打呼噜了。

安日尔把他放进筐里，给他盖好。天空像熟透的石榴一般火红。

“走吧。”阿尔班说。

在我们前方黑魆魆的山腰之下，我看见一条弥漫着蓝色晨雾的峡谷，那是急湍的阿斯溪——鲍米涅的门户！人们就是从那里开始爬上鲍米涅。

我们迎着初升的朝阳。

为了向你介绍以后发生的事情，请你回忆一下我对克拉留斯的担忧，回忆一下我对杜洛瓦尔的败落（实际上是我造成的）的种种想法。这些担忧和想法一直在我心里翻腾。

它们像一摊水压在我心头，随着我的脚步晃荡着，晃荡的声音一直伴随着我。但我心里觉得：只要天没有完全亮，就还不要紧，还可以挽救。因为我等待着奇迹出现。

这奇迹来自我。

来自我，来自于蓦地充满我的脑海的这样一个形象：在太阳从阿尔卑斯山中喷薄而出，把它沸腾的金水洒在平原地区的丘陵上的那一刹那，也就是在灾难开始降临到杜洛瓦尔的那一刹那，菲洛梅娜大嫂那张正直、善良、纯朴的脸，那张高尚的脸，突然浮现在我的眼前。

我向前跨三大步，超过背着婴儿、扶着安日尔慢步走着的阿尔班。

我在他面前张开双臂，拦住他们上山的路，对他说：

“小伙子，我可怜的小伙子，应该重新考虑考虑。”

“你病了吗，爷爷？”

阿尔班的声音里充满了忧伤，因为他已经猜到了我的意思。

“啊，小伙子，我病了！我很可能病了，但有一点可以肯定，就是我必须对你讲明白。伴随着你和小姐的脚步，开始了一种新的生活。你的生活！好吧，我要求你等一分钟，让我把要说的话对你说出来。然后我就给你让道，你如果要过去，就过去吧。”

阿尔班松开安日尔的腰。他的手臂仍弯曲着，过了好久才垂下，但他脑子里显然想到了一个人。他说：

“行，你说吧。”

“首先一点，小伙子，一件好事绝不能以卑鄙的手段开头。”

“有道理，其次呢？”

“其次吗？完啦。”

“我是说，还有呢？”

“还有吗，没有了，就是这一点。”

阿尔班久久地凝视着我。

“你说这些话如果是为了提醒我，伙计，那么我们俩想到一块儿啦。”

“很可能。你是怎么想的？”

“我的想法，告诉你吧：我之所以等你先开口，因为我所爱的人就在我身边。你知道，我多么渴望得到她！现在是早晨，我终于到达了这条光明的路口，灿烂的阳光洒在我身上，我的手臂搂着我所爱的人；她，她的体温，她的重量，她朝气蓬勃的生命，统统搂在我的手臂里。因为这一点，许多事情都可以得到宽恕。

“哦，当然，我知道为了得到她我干了什么事情。这件事干得太仓促，没有三思而行，没有仔细考虑。我仅仅粗粗地想过，而且把你也卷了进来……

“唉，这一路上我心里也在琢磨，可能比你还早，但直到最后一步你叫我停下来之前，我还一直处于麻木状态，对自己说：管它好坏呢，坏年景小麦照样能播种，照样能生长；要是你播种不得法，活该，那就靠天吃饭吧。另外呢，还有一点：安日尔满腔热情地和我在一块儿，她有发言权，有权拿主意，有权说：‘照我的想法，我们应该这么做。’现在我不再是一个人了，应该全面考虑。”

阿尔班说罢望着安日尔。

安日尔一方面受到清晨凉意的侵袭，一方面明白两个男人的谈话会导致什么结果，脸色变得像纸一样白，只有眼睛闪烁着光辉。

她把头往自己男人肩上一靠，说：

“你愿意怎么办就怎么办吧。”

她又无限深情地补充说：“我们两个人是一个人，永远由你一个人做主。你愿意上哪儿都可以，只要让我和你在一块儿。”

太阳冉冉上升。在杜洛瓦尔，克拉留斯也许已经踏上去迪朗斯河的路。这可能是一刻钟的事。阿尔班说：

“好吧，亲爱的。如果按着我的意愿办，那么我们回去。

“我要对你的父母讲清楚，然后在大白天，当着大家的面，带着你离开杜洛瓦尔。让人们都出来看着我们出发，让爸爸、妈妈站在门口向我们挥手告别。这就是我所希望的！”

这样做可能挽救一切，也可能毁掉一切。

我说：

“好好想一想吧。要是你出于对我的尊重而这样做，那你还是往前走，去鲍米涅吧。你已经费了好大周折啊。”

“不，这是出于对我自己的尊重。”

“还有一件事应该考虑到：当我们三个人在大白天回到杜洛瓦尔门口时，克拉留斯的枪会不留情的。”

“那是肯定无疑的。”安日尔说。

“我们无论如何得回去，爷爷！”

在回去的路上，有一次阿尔班仿佛自言自语地说：

“……因为我不愿像路易那么干。”

又有一次，他说：

“无论如何，现在安日尔永远是我的妻子了。”

最后，他说：

“而且我是鲍米涅人。”

过后，他开始逗弄孩子。

孩子被急促的脚步颠簸醒了。他觉得一摇一晃好玩儿，笑了起来。阳光在小帽的花边上闪烁，一派生意盎然的景象。看到这情景，你的心情能不愉快吗？

阿尔班让孩子坐在自己的手臂上，冲着他的小脸蛋给他唱“小风车转呀转”和“小母鸡咯咯叫”。

啊，真是个憨子！

阿尔班的歌声和荡漾着绿意的晨风，把孩子迷住了！

我们三个人相跟着，迈着同样的步伐向前走去。青春的血液使安日尔的两颊红扑扑的，庞克拉斯少爷的笑声应和着喜鹊的欢噪。

不过，说实话，占据我的思想的主要是克拉留斯的枪。

上午十一点钟，终于赶到杜洛瓦尔了！

好不容易才赶到。不安和恐惧使我精神非常紧张。安日尔倒像没事儿似的，一直勇敢地、笑嘻嘻地迈着步子，拿一根长长的干草逗弄着孩子。孩子已和阿尔班混熟了，甚至撒了阿尔班一袖子尿。

是的，心惊胆战的只有我一个人，其他两个人迎着自己的命运走去。

杜洛瓦尔就在前面。

它坐落在耕地里，我们脚下的道路穿过两棵大树，笔直地伸向那里，伸向那好似一扇张开着嘴的、黑洞洞的大门。

克拉留斯如果还没有投河自尽，一定躲在黑洞洞的门里。

我们就要踏上这条路，这条笔直的、毫无遮拦的、伸展在克拉留斯面前的路。他可以从容不迫地看着我们走过去，向我们瞄准……

阿尔班和安日尔！他们的行为多么高尚！这相依为命的一对，可以和世间所有正直的人媲美。

我们在道路右边那棵橡树下停下来，阿尔班让孩子安稳地坐在他弯曲的胳膊上，说：

“你搂住我的腰，安日尔。”

而他把没有抱孩子的那只胳膊搭在我的肩上，啊！这只胳膊真有分量，那样友好、那样坦然地搭在我肩上。这坦然的气概令你想到那挺拔的大树，而他脸上的笑容令你想到那柔嫩的青草。

“孩子们，开步走！”

一,二；一,二!

我们六只脚坚定地踏着路上的石子，而庞克拉斯少爷唱着“啦，啦，啦”，像是在给我们打拍子。

让那个老笨蛋端着猎枪在门洞里瞄准我们吧。

唉，我也和他一样愚蠢，居然把仁慈的上帝赐给的三条生命，引到了这条倒霉而笔直得像一条瞄准线的路上!

但愿我们能走到那棵柳树下!

那棵柳树！一,二……我们过了柳树!

一,二！并肩前进，就像奔赴战场!

但愿我们能走到第一棵杨树跟前!

啊，第一棵杨树过去了，第二棵，第三棵!

一,二！我们已经到了悬铃木前面!

哎，我们的脚步声多么响呀!

手臂把我们三个人连结得像一堵墙，一堵肉墙，一堵波涛般的墙。生命似一股波涛迎向杜洛瓦尔!

那个老笨蛋端着猎枪躲在暗处!

唔，他可能就要从窗口向我们射击！

铺着石子的院落到了。

圆圆的地球连同它承载的树木、房屋、猎枪和星辰全在我脚下旋转。

我还在走着，因为我紧紧挽住阿尔班的手臂。

庞克拉斯少爷嚷着：“帽帽，尖尖！”

还有三步，两步，一步，到门口了！我们迈过门槛，我们进了门！

啊！

在死一般的寂静中，我才发觉我们三个人并排站在厨房里。阿尔班把咕咕乱叫的孩子举到我们头顶上。

老两口坐在冷清清的灶膛前。菲洛梅娜大嫂目瞪口呆地仰起消瘦而阴沉的脸，克拉留斯紧紧抓住木头椅子的扶手，蜷缩着身子，像一头就要扑过来的野兽。

他向我们伸着脑袋，龇牙咧嘴地咬着烟斗。

沉默！

听得见我们三个人的呼吸。

庞克拉斯少爷叫道：“外公！”

烟斗在克拉留斯的牙齿之间喀嚓一声断成两截。

菲洛梅娜大嫂慢慢地跪在地上，双手合十，喃喃地说：

“仁慈的圣母，

可怜您的儿女吧，

请您饶恕我们！”

十三

是的，克拉留斯没有开枪。

哦！他曾经抄起枪，将黑洞洞的枪口对准了我们好一会儿。然后，他吐掉嘴里那截烟斗，骂道：

“贱货！”

安日尔挺起胸，骄傲地、紧紧地依偎在阿尔班身上，她衬衣的胸襟敞开着，露出刚喂过奶的乳房。

克拉留斯没有开枪。

既不是菲洛梅娜，也不是远在天上的圣母制止了他。

他没敢开枪。

你知道，那像冰一样纯洁的小伙子阿尔班走进了这个家庭，他不能不刮目相看。

我的故事讲完啦。

我嘛，咳！我今天之所以来到这里，是因为我降了级。

我们这些人的元帅杖是打小麦用的。不过，那玩意儿也只是年轻时才有，现在我太老啦。

现在，我只能侍弄侍弄青豆、扁豆之类，甚至帮人家去摘西瓜。不瞒你说，上星期有一天，我甚至帮一个西班牙二道贩子挑选过西红柿。

生活就是这么回事。

需要糊口啊。

每当像今晚这样空闲时，我免不了回忆过去的好时光。

啊！马里格拉特的小麦，吹得你满身都是麦秸屑的风车，大口地吞噬着一捆捆麦子的脱粒机，而我们就在那麦秸、汗水和面包的气味里奔忙不歇！

自从我开始走下坡路以来，我常常喜欢到这些麦地附近去，远远地看人家干活儿。我仿佛与其他人在一块儿干，变得年轻了。

但是，即使有人雇我，也只是让我打扫道路或清理水沟。

上次我到这一带时，突然想再看看杜洛瓦尔。我知道那仍是克拉留斯的家。

我老远就觉得那耕地比过去平整多了，走近一看，果然一畦畦非常平整。你可以猜想到，主人一定是一位有见识、有志趣的汉子。

在那片老果园里，杂乱的果树已经砍掉。那些果树连长叶子也很困难，更谈不上结果子，结了也是稀稀拉拉的几个。

老果园变成了一片生机蓬勃的新果园。

我站在路边的土堆上，将棍子和行囊夹在两腿之间，心里想着眼前的变化，直到三只脖子上摇晃着铃铛的山羊来到我的背后。羊后面跟着一位这么高的小姑娘，一看到她，往昔的记忆犹如一股热气向我迎面扑来，仿佛我打开了一座炉子的门。

小姑娘真是好样的，一点也不怯生，大大方方地在我身边放起羊来。

“喂，小姑娘，”我说，“你是这里人吗？”

小姑娘可能有五岁了，她把小嘴一噘，回答说：

“哎，不是的，我是鲍米涅人！”

你想象得到，我心里顿时像开了锅似的翻滚起来。但是，我要想从小姑娘嘴里了解一点情况，就必须装糊涂。我问：

“离这里远吗？”

“远着哩，在高山上，比云彩还高。”

“你跑这么远到这儿来放羊？”

“你说得好轻松呀！坐火车都要好几天，要好几天才能到这里。再说，人家也不会让我赶着羊上火车呀。还有，在火车上羊渴了怎么办？不，我住在那里，”她抬起小手，指着杜洛瓦尔说，“在我外公家里，我哥哥也在这里。他在地里，先生，你看，他跟在犁旁边。”

我看见了：那是一个小男孩，跟在犁旁边。

“你叫什么名字？”

“我叫安日尔，和妈妈的名字一样。”

“那个犁地的人是你爸爸？”

“哎，不是！我爸爸比他高，比他结实，犁起地来也比他快得多。爸爸和妈妈一块在山上，在我家乡。他八天后会来接我和我哥。到那时，我们就回家乡去，路上我们要在加普停留。每次在加普停留时，爸爸总要给我买一条漂亮的裙子，给我哥买一条灯芯绒长裤，还要给我妈买一件长外衣。我们回到家里时，妈妈总是冲着爸爸说：‘你疯了。’而爸爸呢，就去亲妈妈。”

“你很喜欢你爸爸吗？”

小姑娘打量我一眼，想看看我提这个问题是不是出于好意，她流露出可怜我的神色，回答说：

“当然很喜欢！”

我直起腰，背上行囊，对小姑娘说：

“喂，当你爸爸来接你们时，你告诉他，阿梅德向他问好。

你记得住吗？阿梅德向他问好，他知道阿梅德是谁。”

说罢，我离开了小姑娘。

你会问我：怎么，你与阿尔班不再是伙伴了？你走近杜洛瓦尔，说一声“是我”，不是很容易吗？凭你过去帮的忙，他们见到你绝不会感到意外的。可是你不去，却叫一位转身就会忘得一干二净的小姑娘，转达一声没有分量的问候。

是的，我知道，等我一转过路上那道弯，小姑娘就会把我的问候忘得干干净净。再说，这也正是我所希望的。

至于你说我与阿尔班不再是伙伴了，我告诉你吧：我曾经做过的事情，是不会为所有的人做的。

你不要以为我阿梅德是那样一个人，会听人家支使去为姑娘们跑腿。不，现在我可以明确告诉你：阿尔班那小伙子在我心底里牢牢扎下了根，仿佛与我成了一个人。你知道，在我们这种人之中，也可以说在一般人之中，一个心儿水一般透明的人，不是随时可以遇到的。

你不必笑。我比阿尔班年长三十岁，一想到年龄，我常常对自己说：“要是你不是那么喜欢到处流浪，现在也会有一个像这小伙子这么大的儿子啦。”

这个且不说吧。

我们俩胜似伙伴！就是说，与你所讲的相反，阿尔班在我心里占的位置太大了，随着岁月的推移，我不得不努力把他忘却，直到他成了现在的样子，成了一个我几乎连名字也叫不上了的人：一个鲍米涅人！

你看，幸福仍然是束缚勇士最结实的绳索。

阿尔班就是这样一个人，他曾经走南闯北，与生活进行过不懈的、光明磊落的搏斗，现在他像一位大力士被捆在高山之上了。

好啦。

幸福的绳索将他一捆，他现在就像一棵毫无自卫能力的树。

他现在再也不敢动弹，手、脚、舌头，统统不敢动弹，只有眼睛还敢稍微动一动……

那么，他是一个忘恩负义之徒吗？

哎，不！谁敢对我这样说，我就毫不留情地掌他的嘴。

忘恩负义之徒？不！

嘿，你要是见过他那双眼睛就明白了！

我们是在大白天光明正大地离开杜洛瓦尔的，正如阿尔班所希望的，那也是全家人的意愿。克拉留斯说："再见，孩子们！"菲洛梅娜大嫂嘱咐说："用厚呢上衣包住孩子的脚。"老两口目送着我们，一直到看不见了才回屋里去。萨图南那个老笨蛋爬到麦秸垛上，我们走了老远，他还拿着帽子在手里挥舞。

你想得到吗？

那天很冷，因为呼呼地刮着冷峭的北风。

一进奥莱松镇，我对年轻的夫妇说：

“孩子们，我们去喝杯热咖啡吧。”

“嗯，不。”阿尔班回答，样子有些古怪。

看起来他想喝，但又不敢说“好”。这引起了我的疑虑。

当安日尔在咖啡馆的一个角落里给孩子喂奶时，阿尔班——他不得不跟了进来——才对我吐露实情。

唉！要他干近乎荒唐的事情，例如吹奏一支口琴曲子，向杜洛瓦尔的姑娘求婚，我的阿尔班能呼之即来，可是对于理智方面的事情……

在杜洛瓦尔他一分钱也不愿意拿，现在口袋里连一个子儿也没有。

他打算就这样徒步回鲍米涅去！他连我也不相信了！

我不得不费尽口舌……

终于，考虑到安日尔和孩子，他才明白那是行不通的。

天黑时，我们到达了火车站。列车已经挂好，停靠在站台旁边，车头还没挂上，就像一条死蛇，每节车厢的门都敞开着。我记得火车是十点钟左右出发的。

我拿自己的钱给他们买了两张票，口袋里还剩下三法郎。我借口想抽烟，向阿尔班要过烟荷包，把三法郎塞在里面，放在烟丝上面，好让他待会儿想抽烟时，打开荷包就能发现。

我把他们安顿在一节车厢里。

很明显，我们很少坐火车，来得太早，站台上只有我们几个人。在站台对面，透过玻璃门，我们看见一些戴黑色制帽的人坐在几盏煤油灯下，其中有站长，是一位满面红光的大胖子，正在一个劲地捅炉子。等了好久，一个戴制帽的人沿着铁轨走去，手里提着一盏红绿灯，不知道在寻找什么。

此外，车站里只有我们和呼号的北风。

我站在车厢前面的站台上。阿尔班和安日尔让门开着，但他们已经与我分开了。安日尔把头靠在阿尔班肩上睡着了。她紧贴着阿尔班。庞克拉斯少爷裹着厚呢外衣，躺在阿尔班膝盖上也要睡着了。他最后一次抬了一抬眼皮，小嘴吮着阿尔班的拇指。

而阿尔班呢，安稳地、直挺挺地坐在那里，不敢动一下，不敢太使劲呼吸，更不敢说话，无力地被那条神圣的幸福之绳捆住了。

但是，要是你见过他那双眼睛……

我望着他，他望着我，我们就这样默默无言地分手了。

我开始后退一步，接着又退一步，一直退到刚好还能看见他那双眼睛的地方。

这时，我听见他那双眼睛说：

“谢谢，伙计，比伙伴还亲密的伙计。谢谢，带来幸福的爷爷。行了，行了，去吧。你看，分手啦。谢谢，谢谢！……”

我站在拴着我们两颗心的友谊之线的尽头，再后退一步，这条线就要扯断了。

我退了一步，离开了车站。

唉！

译后记

古今中外许多大作家，其创作道路往往是与历史的进程紧密联系的。让·吉奥诺就是这样一位作家。他经历过两次世界大战，而人类历史上这两次空前规模的战争，对他的文学创作产生了不可磨灭的影响。

一九一四年第一次世界大战爆发之前，让·吉奥诺还只是一个对文学有着浓厚兴趣的文学青年，仅仅受维吉尔或柏拉图思想的启发，写过一些短诗和一篇具有中世纪传奇色彩的小说《天使》，而且那些短诗也是在一九二四年才由吕西安·雅克汇集，在《艺人手册》上发表，那本小说则直到他去世十周年的一九八〇年才正式出版。战争爆发后的第二年即一九一五年，吉奥诺便应征入伍，在烽烟连天的战场上出生入死四年多，直到一九一九年战争结束了，才作为二等兵退役。那时，热纳瓦、杜阿梅尔和多热莱斯已经写过一些描写那场战争的重要作品，而二十四岁的吉奥诺还什么也没有发表。然而，这个为生计所迫连中学都没有毕业的青年，注定要走成为作家的这条艰辛而光辉的道路。他从小博览群书，受到荷马、维吉尔以及巴尔扎克、司汤达、莎士比亚、陀思妥耶夫斯基等文学大师的强烈吸引。尤其维吉尔的古代牧歌与他的故乡马诺斯克恬静、美丽的田园风光相融合，是少年吉奥诺主要的精神食粮。因此，当他离开战场，回到可爱的马诺斯克之后，便以他当鞋匠的父亲那手艺人的精湛技巧和他当熨衣女工的母亲的勤勉精神，开始了多少类似古代牧歌的田园小说创作。他获得了成功，他的成名作《山冈》一九二九年发表后，在法国文坛引起了不小的轰动，连纪德那样地道的知识分子和著名作家也情不自禁地欢呼："刚刚诞生了一个写散文诗的维吉尔。"《山冈》这本散文诗式的小说被称为一本"神奇"的书。它通过语言和形象表现了许多神秘的东西，在清新的叙述中既有焦虑又有陶醉，二者交融在一起，把读者迷住了。接着，吉奥诺又连续发表了《一个鲍米涅人》和《再生草》两本小说。这三本小说合称《潘神三部曲》。潘神是古希腊神话中象征大自然的神灵——山林之神。这套三部曲的旨趣，从它的题目和《序幕》所描写的场面，就可以清楚地看出来：人与大自然中的花草树木、飞禽走兽应该和睦相处，才能平静、幸福地生活；草木、土地，甚至石头，都是有血肉、有生命、有灵性的，人如果肆意掠夺、破坏、杀戮它们，必然会遭到惩罚，招致自我毁灭的大灾难。

三十年代的法国，被称为“美好时代”的二十世纪的初期已经过去，人们对工业大城市产生了厌倦情绪，对使人沦为机器奴隶的机械化大生产产生了反感，而对文学上长期流行的心理分析小说也开始腻味。吉奥诺的《潘神三部曲》和随后相继发表的《蓝老让》(1932)、《人世之歌》(1934)、《让我的快乐长存》(1935)、《星之蛇》(1933)等作品，以描写大自然、歌颂山川草木为基调，既有引人入胜的情节，又具有散文诗的风格，给文坛带来了新鲜的气息，令人耳目一新，因而受到广大读者的欢迎。吉奥诺也因此声名鹊起，成为法国知名作家，尽管他一直居住在普罗旺斯偏僻的马诺斯克，与巴黎的文坛并没有多少联系。

然而，如果认为吉奥诺的这些作品仅仅是迎合了时尚，那就没有真正认识到他这个时期的艺术成就。吉奥诺创作生涯的这个时期，后来被评论界称为“抒情时期”，甚至“宇宙抒情时期”。他的“田园小说”并不是一般地描写田园风光，而是把山川草木作为人，作为世间的“居民”来描写，赋予它们生命、灵性和喜怒哀乐的情感，从宇宙万物的生命规律揭示人与大自然的关系，而且把人以及与人一样具有生命的山川、草木、土地等放在整个宇宙空间来加以描写和歌颂。“事实上，吉奥诺作品里的普罗旺斯，与米斯特拉尔、都德、埃卡、阿雷纳和帕尼奥尔笔下的普罗旺斯有着本质的不同。这位诗人小说家的神奇之笔，以极具生动形象的格调和充满魅力的朴素语言，赋予他的故乡普罗旺斯一种远远超出了其本身范围的特质和空间，在这里，天、地、夜风、星辰、草木和人，一齐汇入了宇宙生命的旋涡之中。”① “这是法国文学中无与伦比的现象，也是一个极其宝贵的贡献。”②

那么，历史的进程对于已成为知名作家的吉奥诺有什么影响呢？在已经过去的那场战争中，吉奥诺亲眼看到炮火摧毁了许多城镇和村庄，杀戮了成千上万无辜的平民。在枪林弹雨中，在泥泞的战壕里，他一刻也没有想过军阶的迁升，而是时时渴望和平的生活，渴望返回他的故乡马诺斯克。因此，当战争的硝烟消散之后，他拿起笔开始创作时，没有首先去描写那场腥风血雨的战争，而是描写普罗旺斯的旖旎风光，就是非常自然的。这是一种对和平生活的刻意追求和尽情享受。吉奥诺说：“我要寻求的快乐，是椴树或任何其他葱茏的树木所提供的快乐，现行的社会秩序，就是驱使人们从事一无所获的劳动，

---

① 法国《大百科全书》第九卷第5423页，拉罗斯图书出版社1971年版。

② 亨利·弗吕谢尔：《我的朋友让·吉奥诺》，《巴黎文学杂志》1970年第2期。

其根本的规律就是造成资本的不均衡。耶稣作过努力，也未能消除这种社会秩序。因此，我们不要呼吁：‘雅克，彼埃尔，保尔，努力让我们的快乐长存吧。’而只是简单地说：‘让我们的快乐长存吧！’”[①]寥寥数语，充分表明了他的根本态度。当然他也描写过战争，一九三一年出版的《大羊群》就是一部直接描写战争的小说。黑压压一眼望不到头的一大群羊，从高山上疯狂地向平原奔来，目瞪口呆的人们突然醒悟到：“打仗了！”接着，战争的风暴把一批批青年卷向了战场。前线是血肉横飞的无谓牺牲，后方是骨肉亲情的痛苦思念。应该说，这本小说比巴比塞的《火线》和杜阿梅尔的《烈士传》要生动得多，只是吉奥诺标明他的作品描写的是一八四八年那场战争，而不是第一次世界大战。不管是描写田园风光的作品还是描写战争的作品，都表明第一次世界大战在吉奥诺心灵深处产生的影响：渴望和平。

可是，和平持续的时间并不长。从一九三五年起的几年间，当吉奥诺在马诺斯克附近的高原上孔塔杜尔集合起一个团体，与他的四十多个年轻追随者一边切磋文学，一边尽情地享受地上、天上的乐趣和温暖的阳光时，欧洲大陆上再次闪烁着

---

① 让·吉奥诺《套环标的鸟·燕子城》。

钢铁的寒光，一场更加酷烈的战争迫在眉睫。老实讲，这时的吉奥诺对待祖国和对待他自己的第一首诗一样，并不怎么看重，而是迷恋于他的牧场和阳光。根深蒂固的和平主义思想蒙蔽了他的眼睛。他虽然厌恶法西斯，也支持过巴比塞、纪德和阿拉贡等人反法西斯的斗争，但他更厌恶战争，主张用和平的手段反对法西斯，不惜一切代价避免战争，并且真诚地相信战争是可以避免的，一再向他的追随者们宣称“战争绝不会爆发”。他出版了《拒绝服从》一书（1937），并撰写和散发题为《不要打，听我说》的小册子。因此，一九三九年九月十八日，他因“散布失败言论”，在马赛被捕，可能只是由于《法兰西新评论》杂志的朋友们的干预，才很快被释放，回到他的故乡小镇。法国被占领期间，他继续进行小说创作，出版了《两个莽汉》（1942），同时尝试把《人世之歌》改编拍摄成电影，还写过四个很不成功的剧本，其中《穷途》居然上演了五百场，而《乘马车旅行》在巴黎首演即遭德军检察机关查禁。由于他曾散布的和平言论，对他的敌视情绪没有消除，一九四三年春，《信号》杂志发表了一组有关他的图片报道，让事态更是火上加油。尽管皮埃尔·西特隆在吉奥诺之友协会第十二期简报上发表文章，有力驳斥了加在吉奥诺身上的罪状，一九四四年法国光复时，他还是于八月底再次锒铛入狱，并被全国作家协会禁止发表作品。因查无实据，免予起诉，后于一九四五年二月初开释，并重新获得创作的权利。

如果说第一次世界大战的亲身经历促使吉奥诺走上了田园小说的创作道路，那么第二次世界大战则使他蒙受了耻辱。在他的文学创作道路上，这是一个断层。当一九五一年他最重要的作品《屋顶上的轻骑兵》问世时，许多人还以为出现了一位新作家。不过，这段遭遇也促进了吉奥诺的思考和反省，许多东西，诸如生活、文化、政治，包括他过去的作品，都需要重新考虑和认识。他要忘却一段受骗的历史，那就是《真正的财富》(1936）和《让我的快乐长存》那段历史。他劝人们获得那些财富和快乐，其实是一种过分强调了的对个人享乐的追求，一种过于简单化的“哲学”。他不能永远以天真、浪漫的热情，充当一个歌颂过时的维吉尔式的世界的诗人。他必须在对自身进行反省的同时，对世界进行思考。对世界进行思考，对他来讲，就是引进历史，把他那个乡村社会置于其演化过程之中。这就产生了五十年代吉奥诺开始创作的“轻骑兵”系列的历史小说。这些历史小说所描写的只不过是历史上以他的故乡马诺斯克为舞台所发生的轶事。这里远离重大的历史事件发生的中心，这些轶事充其量只是一些重大历史事件的回声。然而，吉奥诺在描写这些历史轶事时，竭力追求客观性，排除浪漫的风格和个人感情抒发，摈弃一切浮艳之词。这样，他便完成了自己的创作风格的转变，而进入了“客观时期”。这种转变首先鲜明地表现在《波兰磨坊》(1952)里，这是一本结构非常严谨、笔调冷静客观而又引人入胜的小说。在这之前出版的《一个没有欢乐的国王》(1947)，还保留了一些浪漫主义色彩，也就是说还有某些超出历史记述的感情流露，所以这部小说是一部过渡性的作品。

“轻骑兵”史诗系列使一九四六年以前那个令人喜爱的地方作家吉奥诺，成了在整个法国文坛占有重要地位的作家。在计划创作这个系列的时候，吉奥诺就宣称他要做“巴尔扎克忽略了而没有意识到的事情，做司汤达刻意追求的事情，做福楼拜自以为做成功了的事情”。“如果现在我死去，人们将不会知道我的艺术的伟大之处。迄今我所写的仅仅是农民和大自然。从现在起将产生别的东西了。”① 这个史诗系列，他本来计划写成十本小说，但最终只完成了《一个人物之死》(1949)、《屋顶上的轻骑兵》(1951)、《疯狂的幸福》(1957)、《昂热罗》(1958)四本。这几部作品运用巴尔扎克的人物再现的方法，都以昂热罗·巴尔迪这个人物为主人公。以这个名字出现的轻骑兵，经

① 《七星文库》第四卷第113页。

历了第一帝国和复辟王朝两个历史时期，而并没有受到它们的影响，因为昂热罗并不因为政权的更迭而沉浮，他经受得住一切考验，包括明刀暗枪的搏斗、深夜的埋伏，甚至各种流行病，不怕疲劳、饥饿和干渴，一切都经受得住，只是屈从于美丽的波莉娜的爱情的摆布。为了护送波莉娜，他在《屋顶上的轻骑兵》里，经历了一八三八年发生的那场大霍乱。在作者的笔下，那场时疫不分青红皂白地夺去了男人、妇女、儿童和老人的生命，它吞噬一切，毁灭一切，所到之处谁也不放过，把好人和坏人统统抓在它的魔爪里捏得粉碎。这是一种巧妙的象征手法：霍乱就是战争。而那位勇敢的轻骑兵接触过战争，却从未亲自参加过，他是一个闲逛的士兵，从来没有杀过人而处处救人：这就是吉奥诺心目中理想的军人。归根到底，吉奥诺所坚持和宣扬的，还是他那个善良的和平主义思想。不过，“轻骑兵”史诗系列使他获得了《潘神三部曲》和《人世之歌》未曾给他带来的荣誉：一九五三年他以其全部作品获得摩纳哥文学大奖，一九五四年被选为龚古尔文学院院士，一九六三年又被选入摩纳哥大奖评审委员会。他的作品重新受到广泛的重视和研究。

这里特别值得补充的是：从整体上讲，吉奥诺是一位传统型作家，但在第二阶段，他越来越经常地采用现代派小说的方法和技巧。这种方法和技巧的运用，突出地表现在《坚强的灵魂》(1950) 和《挪亚》(1948) 两本小说里。《坚强的灵魂》是吉奥诺所写的最紧凑、最难懂的一本书。整个故事发生在一夜之间，但这一夜从时间和空间的概念讲，却充满了极其丰富和不断增加的回忆。所有事件、地点和时间，都被故意打乱了，只是隐隐约约能找到头绪。整部作品就像伦勃朗的一幅油画，运用了明暗对照的手法，明的部分即故事的主线，暗的部分是大量令人意想不到的插叙或对某一细节的发展。读者在阅读过程中，只能跟着连续不断的、具有神秘色彩的细节走，直到读完之后掩卷思考，才看清油画的全貌即整个作品所讲述的故事：泰莱丝与丈夫菲尔曼合谋，企图杀死公证人努曼斯，以获取其地位和财产，但因夫妻双方利害冲突，她反而设下种种圈套，最终杀了丈夫。作者所表现的，是一个小资产阶级女性在利益驱使下所暴露的狡诈、耐心和残忍的本质。《挪亚》则是一部写小说家的小说。在这部作品里，吉奥诺把让·吉奥诺的个人生活，他作为作家的生活，他刚刚完成的《一个没有欢乐的国王》中所有人物应该持续下去的生活，以及他还没来得及描写的他周围许多人物的生活和他在马赛公共汽车里所观察过的几十个乘客的生活，统统糅合在一种淹没了作家现实环境的纷至沓来的幻想之中。这本小说没有获得读者的好感，因为他们什么也没读懂，他们在琢磨题目是什么意思。只有行家们才领会吉奥诺的真意：小说家的心灵像挪亚方舟，囊括着整个世界，因为他的创造力是永无止境的，他的想象虽然是从现实中得到启示，但却以自己独特的方式再现现实。作者本人就是挪亚，他拥有一艘巨大的方舟，那就是他的生活、幸运和心灵，他满怀自豪和喜悦带领我们畅游他的方舟。这本小说是吉奥诺思考和反省的产物，也是他的一种间歇，一种休息。而后，他就开始制订和实施前面提到的“轻骑兵”史诗系列的宏伟计划了。

由于“轻骑兵”史诗系列采用了司汤达作品中的编年体方法以及吉奥诺对司汤达的推崇，许多人都拿吉奥诺与司汤达对比，竭力从吉奥诺的作品中去寻找司汤达的风格，甚至认为吉奥诺风格就是司汤达风格。这未免流于简单化和肤浅。真正深入研究过吉奥诺的评论家得出的是相反的结论：“的确，吉奥诺所采取的现代派手法、他对司汤达的钦佩以及他杰出的叙述才能，都促使人们做出这种恭维他的对比。然而，我们越是发现司汤达的作品生硬、简练、准确，就越是觉得吉奥诺的作品柔和、丰富、曲折。他们的作品只是语言很相似，而风格和写作方法则不同。这对他们两人都很好，因为，如果吉奥诺是司汤达再世，那就太遗憾了。他还有其他东西值得我们赞赏。”①

① 让·迪迪埃语。引自沃尔弗罗姆：《借历史来赎罪》，《巴黎文学杂志》1970 年第 2 期。